痛いのは嫌なので?
防御力に極振りしたいと思います。
All points are
divided to VIT.
Because a
17
[著]夕蜜柑
[イラスト]狐印
Welcome to
シロップ
Syrup's STATUS
Lv50
HP 1200/1200
MP 200/200
[STR 70]
[VIT 300]
[AGI 25]
[DEX 20]
[INT 40]

青く光る地底湖にて――
サリーは【滅殺領域】と共に
不可避の攻撃でHPを削っていく
メイプルの姿を水際で眺める。

「これなら時間の問題かな」

リリィとの共闘にて――

「【再誕の闇】！」

「【砂の群れ】【命なき軍団】【玩具の兵隊】」

メイプルとリリィの最強の連携。

際限なく生成される兵器を
メイプルが創り変える。

Biting / Carapace Defense / Gigantization / Mother Nature / Spirit Cannon / Sinking Land / Red Garden / White Garden / Castle Walls / Fetters of Thorns / Petals of Sleep

Syrup's STATUS
Lv50 HP 1200/1200 MP 200/200
[STR 70] [VIT 300] [AGI 25] [DEX 20] [INT 40]

痛いのは嫌なので防御力に極振りしたいと思います。

[著] 夕蜜柑
[イラスト] 狐印

17

Welcome to
"NewWorld Online".

口絵・本文イラスト
狐印

装丁
AFTERGLOW

All points are divided to VIT.
Because
a painful one isn't liked.

0850 1048 4070 7603

NewWorld Online STATUS

GUILD **楓の木**

NAME **メイプル** Maple

LV **79**

HP 200/200　MP 22/22

PROFILE

最強最硬の大盾使い

ゲーム初心者だったが、防御力に極振りし、どんな攻撃もノーダメージな最硬大盾使いとなる。なんでも楽しめる真っ直ぐな性格で、発想の突飛さで周囲を驚かせることもしばしば。戦闘では、あらゆる攻撃を無効化しつつ数々の強力無比なカウンタースキルを叩き込む。

STATUS

STR 000　VIT 22380　AGI 000

DEX 000　INT 000

EQUIPMENT

- 新月 skill 毒竜《ヒドラ》
- 闇夜ノ写 skill 悪食 / 水底への誘い
- 黒薔薇ノ鎧 skill 滲み出る混沌 / 毒性分裂体
- 絆の架け橋
- タフネスリング
- 命の指輪

SKILL

シールドアタック　体捌き　攻撃逸らし　瞑想　挑発　鼓舞　ヘビーボディ

HP強化小　MP強化小　深緑の加護

大盾の心得X　カバームーブV　カバー　ピアースガード　カウンター　クイックチェンジ

絶対防御　極悪非道　大物喰らい《ジャイアントキリング》　毒竜喰らい《ヒドライーター》　爆弾喰らい《ボムイーター》　羊喰らい《シープイーター》

不屈の守護者　念力《サイコキネシス》　フォートレス　身捧ぐ慈愛　機械神　蠱毒の呪法　凍てつく大地

百鬼夜行I　天王の玉座　冥界の縁　結晶化　大噴火　不壊の盾　反転再誕　地操術II

魔の頂点　救済の残光　再誕の闇　古代ノ海

TAME MONSTER

Name **シロップ**　高い防御力を誇る亀のモンスター

巨大化　精霊砲　大自然　etc.

l points are divided to VIT. Because a painful one isn't liked

Welcome to "NewWorld Online"

6892 1179 0606 0847

NewWorld Online STATUS

GUILD 楓の木

NAME サリー　Sally

LV 84

HP 32/32　MP 160/160

PROFILE

絶対回避の暗殺者

メイプルの親友であり相棒である、しっかり者の少女。友達思いで、メイプルと一緒にゲームを楽しむことを心がけている。軽装の短剣二刀流をバトルスタイルとし、驚異的な集中力とプレイヤースキルで、あらゆる攻撃を回避する。

STATUS

STR 165　VIT 000　AGI 200
DEX 045　INT 060

EQUIPMENT

- 深海のダガー
- 水底のダガー
- 水面のマフラー skill 蜃気楼
- 大海のコート skill 大海
- 大海の衣
- 死者の足 skill 黄泉への一歩
- 絆の架け橋
- 竜の残火：竜炎槍

SKILL

疾風斬り　ディフェンスブレイク　鼓舞
ダウンアタック　パワーアタック　スイッチアタック　ピンポイントアタック
連撃剣Ⅶ　体術Ⅷ　火魔法Ⅲ　水魔法Ⅲ　風魔法Ⅲ　土魔法Ⅲ　闇魔法Ⅲ　光魔法Ⅲ
筋力強化大　連撃強化大
MP強化大　MPカット大　MP回復速度強化大　毒耐性小　採取速度強化小
短剣の心得Ⅹ　魔法の心得Ⅲ　短剣の極意Ⅶ
状態異常攻撃Ⅷ　気配遮断Ⅲ　気配察知Ⅱ　しのび足Ⅰ　跳躍Ⅵ　クイックチェンジ
料理Ⅰ　釣り　水泳Ⅹ　潜水Ⅹ　毛刈り
超加速　古代ノ海　追刃　器用貧乏　剣ノ舞　空蝉　糸使いⅩ　氷柱　氷結領域
冥界の縁　大噴火　水操術Ⅷ　変わり身

TAME MONSTER

Name 朧　多彩なスキルで敵を翻弄する狐のモンスター

瞬影　影分身　拘束結界　etc.

All points are divided to VIT. Because a painful one isn't like
Welcome to "NewWorld Online"

0557 4654 3729 1094

NewWorld Online STATUS

GUILD 楓の木

NAME クロム Kuromu

LV 98

HP 940/940 MP 127/127

PROFILE

不撓不屈のゾンビ盾

NewWorld Onlineで古くから名の知られた上位プレイヤー。面倒見がよく頼りになる兄貴分。メイプルと同じ大盾使いで、どんな攻撃にも50%の確率でHP1を残して耐えられるユニーク装備を持ち、豊富な回復スキルも相まってしぶとく戦線を維持する。

STATUS

[STR] 150 [VIT] 205 [AGI] 040

[DEX] 030 [INT] 020

EQUIPMENT

首落とし skill 命喰らい

怨霊の壁 skill 吸魂

血塗れ髑髏 skill 魂喰らい

血染めの白鎧 skill デッド・オア・アライブ

頑健の指輪 鉄壁の指輪

絆の架け橋

SKILL

刺突 属性剣 シールドアタック 体捌き 攻撃逸らし 大防御 挑発

鉄壁体制

防壁 アイアンボディ ヘビーボディ 守護者

HP強化大 HP回復速度強化大 MP強化大 深緑の加護

大盾の心得X 防御の心得X カバームーブX カバー ピアースガード マルチカバー

カウンター ガードオーラ 防御陣形 守護の力 大盾の極意X 防御の極意X

毒無効 麻痺無効 スタン無効 睡眠無効 氷結無効 炎上無効

採掘Ⅳ 採取Ⅶ 毛刈り 水泳Ⅴ 潜水Ⅴ

精霊の光 不屈の守護者 バトルヒーリング 死霊の泥 結晶化 活性化 竜炎の嵐

TAME MONSTER

Name ネクロ 身に纏うことで真価を発揮する鎧型モンスター

幽鎧《アーマード》装着 衝撃反射 etc.

l points are divided to VIT. Because a painful one isn't liked.

Welcome to "NewWorld Online"

1121 6511 1627 4925

NewWorld Online STATUS

GUILD 楓の木

NAME イズ Iz

LV 80

HP 100/100 MP 100/100

PROFILE

超一流の生産職

モノづくりに強いこだわりとプライドを持つ生産特化型プレイヤー。ゲームで思い通りに服、武器、鎧、アイテムなどを作れることに魅力を感じている。戦闘には極力関わらないスタイルだったが、最近は攻撃や支援をアイテムで担当することも。

STATUS

STR 045 VIT 025 AGI 115

DEX 210 INT 085

EQUIPMENT

- 鍛治屋のハンマー・X
- 錬金術士のゴーグル skill 天邪鬼な錬金術
- 錬金術士のロングコート skill 魔法工房
- 鍛治屋のレギンス・X
- 錬金術士のブーツ skill 新境地
- ポーションポーチ
- アイテムポーチ
- 絆の架け橋

SKILL

「ストライク」「広域撒布」

「生産の心得X」「生産の極意X」

「強化成功率強化大」「採取速度強化大」「採掘速度強化大」

「生産個数増加大」「生産速度強化大」

「状態異常攻撃Ⅲ」「しのび足Ⅴ」「遠見」

「鍛治X」「裁縫X」「栽培X」「調合X」「加工X」「料理X」「採掘X」「採取X」「水泳X」「潜水X」

「毛刈り」

「鍛治神の加護X」「観察眼」「特性付与Ⅷ」「植物学」「鉱物学」

TAME MONSTER

Name フェイ アイテム製作をサポートする精霊

「アイテム強化」「リサイクル」 etc.

ll points are divided to VIT. Because a painful one isn't like

Welcome to "NewWorld Online"

2128 0779 2864 5999

NewWorld Online STATUS

GUILD 楓の木

NAME カスミ　Kasumi　LV 94

HP 435/435　MP 145/145

PROFILE

孤高のソードダンサー

ソロプレイヤーとしても高い実力を持つ刀使いの女性プレイヤー。一歩引いて物事を考えられる落ち着いた性格で、メイプル・サリーの規格外コンビにはいつも驚かされている。戦局に応じて様々な刀スキルを繰り出しながら戦う。

STATUS

STR 210　VIT 080　AGI 135

DEX 030　INT 030

EQUIPMENT

身喰らいの妖刀・紫　桜色の髪留め

桜の衣　今紫の袴　侍の脛当

侍の手甲　金の帯留め

絆の架け橋　桜の紋章

SKILL

一閃　兜割り　ガードブレイク　斬り払い　見切り　鼓舞　攻撃体制

刀術X　一刀両断　投擲　パワーオーラ　鎧斬り

HP強化大　MP強化大　攻撃強化大　毒無効　麻痺無効　スタン無効　睡眠耐性大

氷結耐性中　炎上耐性大

長剣の心得X　刀の心得X　長剣の極意X　刀の極意X

採掘Ⅳ　採取Ⅵ　潜水Ⅷ　水泳Ⅷ　跳躍Ⅶ　毛刈り

遠見　不屈　剣気　勇猛　怪力　超加速　常在戦場　戦場の修羅　心眼

竜炎の嵐

TAME MONSTER

Name ハク　霧の中からの奇襲を得意とする白蛇

超巨大化　麻痺毒　etc.

…points are divided to VIT. Because a painful one isn't liked

Welcome to "NewWorld Online"

NewWorld Online STATUS

GUILD 楓の木

NAME カナデ Kanade

LV 70

HP 335/335 MP 250/250

PROFILE

気まぐれな天才魔術師

中性的な容姿の、ずば抜けた記憶力を持つ天才プレイヤー。その頭脳ゆえ人付き合いを避けるタイプだったが、無邪気なメイプルとは打ち解け仲良くなる。様々な魔法を事前に魔導書としてストックしておくことができる。

STATUS

STR 015 VIT 010 AGI 125

DEX 080 INT 220

EQUIPMENT

- 神々の叡智 skill 神界書庫
- ダイヤのキャスケット・X
- 知恵のコート・X
- 知恵のレギンス・X
- 知恵のブーツ・X
- スペードのイヤリング
- 魔道士のグローブ
- 絆の架け橋

SKILL

魔法の心得Ⅷ 高速詠唱

MP強化大 MPカット大 MP回復速度強化大 魔法威力強化大 深緑の加護

火魔法Ⅷ 水魔法Ⅷ 風魔法X 土魔法V 闇魔法Ⅲ 光魔法Ⅷ 水泳V 潜水V

魔導書庫 技能書庫 死霊の泥

魔法融合

TAME MONSTER

Name ソウ プレイヤーの能力をコピーできるスライム

擬態 分裂 etc.

5615 1896 1080 0803

NewWorld Online STATUS

GUILD **楓の木**

NAME **マイ** Mai

LV **66**

HP 35/35 MP 20/20

PROFILE

双子の侵略者

メイプルがスカウトした双子の攻撃極振り初心者プレイヤーの片割れ。ユイの姉で、皆の役に立てるように精一杯頑張っている。ゲーム内最高峰の攻撃力を持ち、近くの敵は最高八刀流のハンマーで粉砕する。

STATUS

STR 545 VIT 000 AGI 000

DEX 000 INT 000

EQUIPMENT

- 破壊の黒槌・X
- ブラックドールドレス・X
- ブラックドールタイツ・X
- ブラックドールシューズ・X
- 小さなリボン
- シルクグローブ
- 絆の架け橋

SKILL

ダブルスタンプ　ダブルインパクト　ダブルストライク

攻撃強化大　大槌の心得X　大槌の極意Ⅳ

投擲　飛撃　ウェポンスロー

侵略者　破壊王　大物喰らい《ジャイアントキリング》　決戦仕様《デストロイモード》　巨人の業

TAME MONSTER

Name **ツキミ**　黒い毛並みが特徴の熊のモンスター

パワーシェア　ブライトスター etc.

l points are divided to VIT. Because a painful one isn't liked

Welcome to "NewWorld Online"

5272 0557 2241 2738

NewWorld Online STATUS

GUILD 楓の木

NAME ユイ　Yui

Lv 66

HP 35/35　MP 20/20

PROFILE

双子の破壊王

メイプルがスカウトした双子の攻撃極振り初心者プレイヤーの片割れ。マイの妹で、マイよりも前向きで立ち直りが早い。ゲーム内最高峰の攻撃力を持ち、遠くの敵は特製鉄球のトスバッティングで粉砕する。

STATUS

STR 545　VIT 000　AGI 000

DEX 000　INT 000

EQUIPMENT

- 破壊の白槌・X
- ホワイトドールドレス・X
- ホワイトドールタイツ・X
- ホワイトドールシューズ・X
- 小さなリボン
- シルクグローブ
- 絆の架け橋

SKILL

ダブルスタンプ　ダブルインパクト　ダブルストライク

攻撃強化大　大槌の心得X　大槌の極意Ⅳ

投擲　飛撃　ウェポンスロー

侵略者　破壊王　大物喰らい《ジャイアントキリング》　決戦仕様《デストロイモード》　巨人の業

TAME MONSTER

Name ユキミ　白い毛並みが特徴の熊のモンスター

パワーシェア　ブライトスター　etc.

ll points are divided to VIT. Because a painful one isn't like

Welcome to "NewWorld Online"

プロローグ

メイプルがこれまでになく長く遊んだ『NewWorld Online』も総まとめの十層。エリアごとにこれまでの各層の要素を持っている十層では『魔王の魔力』なるアイテムを集め、魔王と呼ばれる最強のボスへの挑戦権を手に入れることが目的となる。

当然メイプル達も最終目標を魔王の討伐に設定し、人数は少ないながらも【楓《かえで》の木】のメンバーを総動員して各エリアの探索を開始した。クロムが六層エリア、カスミが四層エリア、マイとユイ、イズとカナデが三層エリア。それぞれの特性を考えて、広い十層を少しでも早く探索しきれるように全員で手分けしての行動となった。

メイプルとサリーは一層エリアのボスをマイとユイの協力もあり無事撃破すると、一つ目の『魔王の魔力』を手に入れ、思い出を振り返りながら飛行機械による機動力を手に入れるため、意気揚々と三層エリアへと向かうのだった。

一章　防御特化と三層エリア。

『NewWorld Online』で会う約束をして、それぞれにログインしたメイプルとサリーは、十層の中でも三層の要素が色濃く反映された機械の溢《あふ》れる町へとやってきていた。

大きな歯車や、あちこちで唸《うな》る謎の機械、プレイヤーが皆利用している機械仕掛けの移動手段。空を自由に飛び回れるのも特徴の一つだった。

「なつかしーい！」

「三層ももう随分前だもんね。それにここまで色々あったし」

「ねー」

楽しい日々の思い出が多すぎて、二人にとって三層は懐かしいと感じるくらいになっていた。ゲームでそれだけ多くの思い出ができたのはメイプルにとって初めてのことだった。

「まずは機械を見に行ってみようよ！」

「そうだね。探索にも役立つだろうし」

機動力の確保は最優先事項である。

こうして二人はまずはこのエリアに来た主目的を果たすため、近くのショップへと向かうことにした。

三層に来たプレイヤーが必ず利用すると言ってもいい店であるため、町の中にはいくつも同じようなショップがあり、空いている店で余裕を持って機械を確認することができる。

中心部から少し外れた辺りで、二人は落ち着いて見て回れる店を選ぶと、早速並んでいる機械に目を通していく。

「複数人で移動できる車両タイプ、背負うタイプ、タイプ……あっ！　あった！」

メイプルの視線の先にはブーツタイプの飛行機械。両手を空けることができ、機動力にも優れる、サリーだけでなく多くのプレイヤーに支持される一番人気と言っていいタイプだ。

「メイプルもこれにする？」

「うーん、三層の時にマイとユイに教えてもらってやってみたんだけど……」

その時は結局ものにできず、三層は【機械神】とシロップの飛行能力に頼って探索することとなった。

人気ではあるものの、習熟には時間がかかる。兎にも角にも操作が難しいのだ。

「もう一回チャレンジしてみない？　私も教えるからさ」

「……うん！　じゃあやってみる！」

「そうでなくっちゃ！」

二人は早速機械を購入する。すると購入に合わせて二人の前にクエストを示すウィンドウがポンと現れた。

「クエスト？」

「『飛行機械改良案』……ナンバリングされて同じ感じのクエストが並んでる」

報酬を見ると、飛行時間や高度、その他にも武器に属性を付与できるアタッチメントなど、文字通り飛行機械を改良するためのクエストらしい。

「今回フルスペックで使うにはクエストをこなす必要があるみたいだね。短時間の飛行ならやらなくても大丈夫そうではあるけど……」

現状の飛行機械の性能を確認したところ、サリーが戦闘中に行うような急な方向転換や三次元的な動きに関しては、未改良でも問題なさそうだった。それでも、より長時間の飛行ができたり飛行時にバフがかかったりなどの有利な効果を得られるというのは魅力的だ。

「せっかくだし、これやっていこうよ！」

「そう言うと思った。それに一番三層エリアらしい要素だし、これが魔王へのアイテムに繋《つな》がるかも」

「うんうん！　ありそう！」

事前にここへ探索に来ていたマイ達によると、まだこのクエストがどこにどう繋がっているか完全には未解明らしく。

枝分かれするように多くのクエストが存在していること、さらに当然他のエリアから探索するプレイヤーも多くいることもあって、全プレイヤーを合わせても解明に時間を要しているのだと二人は想像する。

【楓の木】としては、マイ達が探索してくれている部分は除外してメイプル達もクエストを進めれば効率的に『魔王の魔力』を探すことができるだろう。しかし、何はともあれ最初の目標は飛行機械の強化。二人はまずやることを一つ決めると早速町を出ることにした。

◆□◆□◆□◆□◆

町を出たメイプルとサリーが真っ直ぐ向かったのは高く聳《そび》える山の麓《ふもと》。この中腹辺りの洞窟《どうくつ》が今回の目的地だ。木々の立ち並ぶ森を抜けて、山を登った先に希少な鉱石の眠る洞窟が待っている。

「まずは出力上昇から！」

「サクッとクリアしちゃおうか」

飛行速度を上げればメイプルにとってもサリーにとってもプラスになる。

二人の意見も一致して、まずはこのクエストからスタートすることとなった。

二人が森へと足を踏み入れる。森といってもそこは三層エリア。時折目に入ってくる歯車はただ不法投棄されたものではないらしく地面に半分埋まった状態で回転を続けている。

他にも木々の間には淡く光るライトが吊《つ》り下《さ》げられており、一層エリアの森のような自然環境とは違うようだ。

であれば、出てくるモンスターも違って当然と言える。

「メイプル、気をつけて」

「うんっ！」

敵の接近を察知したサリーが声をかけてすぐに飛び出してきたのは、機械の人型モンスターが三体。それらは二人を視認すると、うち二体が木々の隙間を縫って高速で飛行し、腕を変形させて銃口を向けてくる。

残る一体は足に付いたブースターを起動し一気に加速すると、その手に持った剣を構えてたちまち距離を詰めてきた。

「メイプル、銃の方任せた！」

「【身捧《ささ》ぐ慈愛】【砲身展開】！」

サリーの声にスキルで応える。メイプルはモンスターから放たれた青いエネルギー弾を自慢の防御によって無効化すると、敵の数倍の数の砲口でもって狙いを定めた。

「【攻撃開始】！」

放たれた大量のレーザーが森の中を抜けていく。機動力の高い敵といえど、元より飛行の容易でない森の中。そこでさらに隙間のない攻撃を回避することはできない。

メイプルの放つ赤黒いレーザーがモンスターの体を直撃し、爆発してよろけたところに追撃が入る。反撃のエネルギー弾はメイプルに届いているものの手数も防御力も違いすぎる状態では話にならない。

メイプルが二体の相手をしている間、自由に動けるサリーは正面の剣を持った個体と斬り結ぶ。

「速いな……」

流石に十層なだけあって、スピードタイプの敵はサリーの速さにもしっかりと付いてくる。

メイプルが圧倒できているのはあくまで異常な程の防御力があるからであって、一般的なステータスでは、そう容易くは上回れない。

そのはずだが。

ギィンと音を立てて敵の剣が弾かれ、サリーのダガーが首元を深く斬り裂く。

ステータスが同じなら、差が出るのは技量。モンスターと、いや、あらゆるプレイヤーとサリーの間に空いた絶対の距離。そうは縮まらない、サリーを強者たらしめる差。

一度斬り結ぶたび、つまり間合に入るたび。敵の傷が一つ増える。

それは自ら死に向かっていくかのようだった。

「こんなのには負けてられないんだよね」

雑魚相手にくれてやる命はないと、サリーはするりと一閃《いっせん》を躱《かわ》してすれ違い様に首を刎《は》ねた。

「ふぅ」

振り返って見ると、メイプルもまた二体のモンスターの銃撃をその身で受け止めながら、ちょうど二体を撃ち抜き爆破するところだった。

「そっちも大丈夫そうだね」

「うん！　問題なーし」

「よし。ならこのまま行こう。モンスターが出たら同じ感じで」

「遠距離は任せて！」

毎度のことではあるものの、雑魚モンスター数体に歩みを止められる二人ではない。

向かってくるもの全て薙《な》ぎ倒《たお》して、二人は山の中腹へ向けて順調に歩を進めるのだった。


そうして無事中腹まで辿《たど》り着《つ》いた二人は山肌に大きく口を開ける洞窟の前に並んで立っていた。

「ここ？」

「それでよさそう」

マップでクエストの目的地を再確認し、目の前の洞窟で間違いないと分かったところで、奇襲を警戒しつつ中へと入っていく。

洞窟といってもここは三層エリアの機械に関わる素材の手に入る場所。それもあっていくらか人の手が入っているようで、壁には明かりが等間隔に付けられており、地面もある程度整えられ足場は安定している。

つまり、機械と共に生きる町における希少素材の採掘場所といった位置付けなのだ。

「この様子だとトラップはなさそうだね」

二人は念の為注意はしていたものの、実際トラップと呼べるものはなく、モンスターも森に出てきたものと変わらないこともあって、特に苦戦することもなく最奥へと辿り着く。

そこでは青く輝く鉱石が壁面や床、天井に至るまであちこちから伸びており、これが今回のクエストで求められるものに間違いなかった。

「まずはさくっと一つクリア！」

全員が通っていくようなクエストの一つだ。特にスキルやアイテムを持たずとも鉱石は採取できるようで、サリーが手で触れると青い鉱石はパキンと音を立てて根本から折れ、その手の中に収まる。

「いる分だけ持っていこう」

「そうだね！」

あくまでこの後の、機械の強化が本題だ。クエストは手早く済ませてしまおうと、二人は鉱石を採取して足早に洞窟を出ていくのだった。

◆□◆□◆□◆□◆

クエストをクリアした二人は早速飛行機械の強化を済ませる。

ブーツタイプの飛行機械には先程採取してきたばかりの青い鉱石が取り付けられ、内部にエネルギーを供給しながら光を放っている。

この改良によって飛行速度がアップし、実質的な飛行可能距離の増加にも繋がった。

他の強化も進めることにして、まずは飛ぶための練習だと二人は周りに人がいないところまで向かったのだった。

「この辺りでいいかな」

「モンスターもいないしね！」

障害物もなく、邪魔になるモンスターもいない。ここならメイプルがどこに落下してもぶつかるのは地面で済むだろう。

「前にもちょっと使ったことあるんだっけ？」

「うん。マイとユイに教えてもらって。その時は結局【機械神】で飛ぶことにして練習するのは止めちゃったんだけど」

メイプルはかなり早くから複数の飛行手段を持っていた稀有《けう》なプレイヤーだ。

どっしり構えて敵を迎え撃つ戦闘スタイルが高い機動力を要求しないこともあって、飛行機械の魅力は他プレイヤーに比べて少なかったとしても不思議ではない。

とはいえその頃と比べて敵も強くなり、フィールドも広く多彩なギミックを内包するようになった。求められるものが多くなった今、メイプルも咄嗟《とっさ》の急加速や立体的に動いての戦闘が必要になることも増えた。であればメイプルにおいても飛行機械の機動力は輝くはずだ。

「まずはちょっと飛んでみるから見ててよ」

サリーはそう言うとメイプルの目の前でふわりと宙に浮き上がる。

「基本はこのまま滑る感じで動く。慣れたらこんなこともできるんだけど」

逆さになったり、急加速と急停止を繰り返したりと、素早い動きで空中を自在に飛び回る。

【水操術】と【糸使い】。さらに【氷柱】と【黄泉への一歩】の足場生成を組み合わせることで空中は最早完全にサリーの領域となっていた。

「というわけで、最終目標はこんな感じ」

「で、できるかなあ」

スキルを絡めた動きは別として、根幹となっているのはあくまで機械による飛行だ。

メイプルがサリーのそれを身につけられたなら、十層において【ＡＧＩ】が低いことのデメリットは最早ほぼほぼなくなると言っていい。

「できるように教えてあげる」

「……うん！　頑張ってみる！」

サリーはメイプルの手を取ると、二人で機械を起動してふわっと宙に浮く。

「まずはゆっくり飛んでみよう。あ、【身捧ぐ慈愛】は発動しておいてね？」

手を掴《つか》んだまま二人で地面に落下すれば、鋼鉄の肉体を持つメイプルと違って、サリーはバラバラになってしまう。

「安定するように持っててあげるから、まずは左にすーっと動こう。ゆっくり力を込める感じで」

「分かった」

サリーの手助けもあってメイプルは落下することなく、手を繋《つな》いだまま空中をゆっくり滑っていく。

「上手い上手い！　この調子でいこう」

「ご指導お願いしまーす！」

「はいはい」

二人手を取って、滑るように踊るように空を飛ぶ。元々プレイヤーもモンスターもいない場所を選んだため、気兼ねなくいくらでも練習に没頭することができる。こうしてサリーのレッスンが一通り終わる頃にはメイプルも随分と上手く飛べるようになっていたのだった。

一通り飛行練習を終えた二人。サリーは空を飛ぶメイプルを見てうんうんと一人頷《うなず》く。戦闘中の高速機動はまだ難しいが、基本的な移動は問題なく行えるレベルになったと言えた。

「サリー！　どう？」

「いい感じ。なーんだ、結構早くできるようになったじゃん」

「サリーの教え方が良かったんだよ」

「いや、メイプルの取り組み方が良かったんだよ。難しそうに見えることも、しっかりやってみれば案外できるものなんだから」

「おー……確かにそうかも」

三層ではすぐに諦《あきら》めてしまったが、今回はサリーの熱心な指導もあり、集中していい環境で取り組めた。それがメイプルの短期間での上達に繋がったのである。

「もっと細かい動きはこれからちょっとずつね。普段は私のを見て参考にしてみてよ」

「分かった！」

「さて、と。この後はどうしよっか？」

メイプルの飛行練習が思った以上に早く終わったこともあって時間に余裕はある。もう少し探索を続けても支障はない。

「せっかくだから、飛んで行くようなところにしようよ」

「オーケー。調子に乗って落ちないでよ？」

「頑張ります！」

「じゃあ特訓の成果を確かめに、次のクエストに行こう」

「はーい！」

目的地はまた次のクエストの示す場所へ。新たなクエストを受注して、二人は強化した飛行機械を起動して空へと舞い上がった。

「うん。安定してるね。そのまま飛ぶよ！」

「おっけー！」

前を行くサリーについて少し後ろを飛ぶメイプル。以前のように落ちてしまいそうな様子はなく、手を引かれずとも上手く飛べていた。

これならクエスト先でも大丈夫だろうと、サリーはそのままメイプルを先導する。

そんな二人が辿り着いたのは足場のない岸壁に縦に伸びる長い亀裂。内部にもまともな足場はほぼなく、テイムモンスターに乗って入るにはやや狭いため飛行機械があることを前提としているエリアだと言えるだろう。

「暗いねー」

「さっきみたいに多少なりとも整備されていたりはしないみたい」

今回は亀裂内部の壁面に明かりは設置されておらず、奥へ行くにつれて闇が支配する、攻略の難しい環境だ。

「メイプル、光っておいてくれる？」

「もちろん！」

メイプルが即座に展開した【身捧《ささ》ぐ慈愛】。このスキルは味方を守るだけでなく、周囲を照らし出すような光を放ちもする。

普段は居場所を悟られやすくなるデメリットでもあるのだが、暗い場所では手を塞《ふさ》ぐことのない広範囲に渡っての光源となってくれるのだ。

前方を遠くまで見通せるようイズ特製のヘッドライトも装着して、暗闇を探索する準備は整った。

「ゆっくり慎重に飛ぼう。急に目の前が壁なんてこともあるかもしれないしね」

メイプルも一つ頷いて、二人は飛行機械を存分に活かし亀裂の奥へと侵入する。

「気をつけて飛ばないと……」

「だね……待って、何か来る」

サリーが耳を澄ませて敵の気配を察知する。

暗がりの中からヘッドライトに照らされながら飛んできたのは蝙蝠《こうもり》の群れ。

サリーが武器を構えると同時、後ろから放たれたのは赤い閃光《せんこう》。

「いいね」

素早い反応にサリーが笑顔を見せる。

メイプルが自前の機械によって放った極太のレーザーは、襲い掛からんと飛んできた蝙蝠を飲み込みながら、赤い輝きで亀裂の中を埋め尽くしていく。

光が収まった時、そこには羽音も鳴き声も一切聞こえない、元通りの静かな闇が戻ってきていた。

後続がいないことを確かめると、サリーは抜いた武器を鞘《さや》へと戻して脱力する。

「ナイス、メイプル。これならあのモンスターは気にしなくていいね」

「何してくるつもりだったんだろう？」

「さあ？　ま、気にしなくても大丈夫な相手みたいだし……同じ感じで頼むね」

「まっかせて！」

何かする前に蒸発してくれるなら、敵の攻撃パターンが分からずとも困ることはない。

二人は時折飛んでくる蝙蝠をレーザーで焼き払いながら、亀裂を奥へ奥へと進み続ける。

「こんな感じの洞窟《どうくつ》探検も慣れてきた？」

「うーん……どうだろう？　結構いろんな洞窟を攻略してきたのかな？」

モンスターが犇《ひしめ》く場所として定番となっているロケーションの一つであるため、振り返ってみると敵を倒しながら洞窟内を進んだ思い出も多い。洞窟そのものではないが、一本道を進んでいくダンジョンも似た経験と言えるだろう。

「ちゃんと前を警戒できてるから。ほらここまでの迎撃も反応が早かったし」

「えへへ、そう？」

「そうそう」

メイプルの中に少しずつ積み重なった経験は、敵はどこから来ることが多いだとか、この敵はこんな攻撃をしてきそうだとか、より正確な形での予測を可能にしていた。

もちろん完全にではないし、簡単な状況に限ったものではあるが、サリーが何もかも教えずとも、メイプルは自分で正解を導けるようになってきているのだ。

「確かな成長を感じています。ふふ、まだまだ強くなってもらわないとだけど。ほら、魔王は相当強いだろうし？」

「最後の強敵だもんね！　今の蝙蝠みたいに簡単に倒されてはくれないよね！」

「……そう、最後の強敵に勝てる力を十層で養わないと」

「じゃあサリーとの連携ももっと練習しないとだね」

「ん……そうだね」

強敵が意味するもの。道中のボス、魔王、他のギルド、あるいは。

「私ももっと強くならないと」

「えー！　サリーはもう十分過ぎるくらい強いと思うけど」

「ほら、ここまできて負けたくないし……後悔のないようにね」

メイプルとサリーのコンビとして、ここまで勝利を重ねてきた。ゲームから離れる間際になって負けるというのも後味が悪い。

メイプルはサリーの言葉をそのままそう解釈した。

「せっかくなら勝たないとね！　皆もたくさん手伝ってくれてるし！」

「そういうこと」

とはいえ、先のことばかり考えていて目の前のモンスターにやられているようではいけない。二人とも突出した強さを持つプレイヤーではあるものの、弱点も変わらず存在するのだから。

メイプル達は再度気を引き締めて、クエスト達成に向けて移動を続けるのだった。

◆□◆□◆□◆□◆

亀裂の中、【身捧ぐ慈愛】とヘッドライトに照らされる岩肌は、やがて湿り気を帯びて光を反射し始める。時折響いてくる水音は雫《しずく》が滴った時のものだろう。

明らかな周囲の環境の変化、そして二人が用いる光源とは別の輝きを認識するのにそう時間はかからなかった。

暗闇の中の青い光。それは先程攻略した収集クエストで手に入れた鉱石が放つ光と同じものだ。

「この奥だね。斜め下に行ける。ゆっくり高度を下げるよ」

「うん！」

メイプル達は壁面に衝突することがないよう出力を調整して光の元へと下りていく。

邪魔になる岩をいくつか避けてスルスルと奥へ進むとやがて光は強くなっていき、目の前に青く輝く湖。地底湖が姿を現した。

全体が青い光を放つ大きな湖は暗い亀裂の中で浮かび上がるように存在感を放っている。

二人はすぐ側に降りるとじっと湖面を覗《のぞ》き込んだ。

「光ってる……底にさっきの石が埋まってるのかな？」

「いや、水そのものが光ってるみたい」

サリーが水を掬《すく》い上げると、それは湖同様青い光を放って美しく輝いている。

先程の鉱石がそのまま液体となり溜《た》まっているような神秘的な湖。ここが亀裂の最奥であり、二人の今回の目的地だ。

「クエスト内容だとここのはずだよね」

「焦らなくても、向こうから来たみたいだよ」

「……？」

メイプルとサリーの見ている前で、掬い上げた水が掌でぴちゃぴちゃと音を立てて形を変え始める。ただ、それはあくまで余波のようなもの。本体は湖の中だ。

バシャバシャと激しく響く水音。それと共に重力に逆らって天井に向けて伸びる水柱。

水柱は水面から分離してやがて球体になり、ふわふわと湖上に浮かびながら青い輝きを放っていた。

「来るよ。構えて」

「うん！」

ＨＰゲージが水球の上に現れる。道中は難なく突破してきた二人だが、雑魚モンスターとは一線を画すボスの出現には集中した表情を浮かべる。

「【水の道】！」

サリーが空中に水を展開し、自分の足場を確保しにかかると同時、水球はその形を蛇のような細長いものに変えて、頭部の口を大きく開けて、体を伸ばし鞭《むち》のようにしならせて勢い良く突撃してきた。

質量に任せた豪快な一撃。中々の速度ではあるものの、サリーはそれを悠々と回避し、自らの生み出した【水の道】の中を通って上を取る。

「【ウィンドカッター】！」

まずは敵の様子を見るところから。サリーが放った風の刃は、蛇のような形に伸びた水のいわば胴体部分を斬り裂く。

「ダメージなし……それなら！　メイプル、引き付けて！」

「【挑発】！」

サリーは背後のメイプルと素早く作戦を立てると敵とすれ違うように湖上へと【水の道】の中を泳いでいく。

狙うは下部の変形元、本体となっている水球だ。

「【ダブルスラッシュ】！」

メイプルが注意を引いているうちに距離を詰めたサリーは、飛行機械を唸《うな》らせて隙の少ない連撃で本体の水球を斬り裂いた。

ゼリーのような感触と共に、輝く水球にダガーが突き刺さりＨＰゲージが僅《わず》かに削れる。

「物理は駄目か」

想定を下回るダメージにサリーは魔法での追撃を試みる。再度放った風の刃は今度こそＨＰを減らすことに成功した。それも、武器での一撃よりもより効果的にである。

湖上での戦闘は足場もなく地上に比べて安定しない。飛行機械を活かしての戦闘も可能だが、接近して武器を振るってもダメージが出ないとなれば、遠距離からの撃ち合いで倒す方が合理的だ。

「っと！　流石に放っておいてはくれないか」

ダメージを与えたことで、水球から追加で伸びた水の奔流がサリーを襲う。

ここで戦うのは得策ではないと、サリーは空中であることを忘れさせるような自在な動きで攻撃を回避すると、メイプルの元へと戻っていく。

「【砲身展開】！　うわっ⁉」

サリーの動きを見て、メイプルも奥の水球へと攻撃を試みる。サリーよりも射程と遠距離火力に優れるメイプルは砲身をいくつも生成して砲口を向けるが、それよりも早く大量の水がメイプルを襲い、視界を奪いながら展開した兵器を即座に破壊していく。

【身捧ぐ慈愛】も兵器には適用されない。メイプルにとってこの兵器を敵から守るのは味方を守るより遥《はる》かに難しいのだ。

水に飲み込まれて身動きが取れないメイプルを横から何かがグンと引く。

「サリー！」

「大丈夫、メイプル？」

「ありがとう！」

糸によって救出されたメイプルはサリーに抱えられ、襲い来る水を躱《かわ》しながら二人で作戦を立てる。

「メイプルに撃ってもらうのは難しいかも」

「うん。すぐに壊されちゃうもんね」

「それに、んー……」

敵のポジションは湖上の空中。メイプルのスキルは遠距離戦を得意とするが、【機械神】が機能しない場合はサリーを巻き込むような範囲攻撃ばかりになってしまう。

「とはいえ、私が地道に削るのはちょっと時間がかかりそうだし……いっそメイプルに全部頑張ってもらおうかな」

「どうやって？」

【機械神】は上手く機能しないと分かったところである。ならばメイプルに頼るというのは難しいように思えた。

「たとえば……」

サリーの策を聞いてメイプルもそれならできそうだと作戦に乗った。

「じゃあ行くよ」

「うん！　いつでも大丈夫！」

真っ白な装備に身を包むメイプルの体に巻きつけられたサリーの糸。万が一の時のために命綱をつけて、サリーはメイプルの手を掴《つか》んだ。

「【背負い投げ】！」

「【反転再誕】！」

サリーによってメイプルが湖に向けて投射される。ボスとの細かいやりとりをする気などなし。最短で最速で、劇物を中心に叩《たた》き込《こ》むのだ。

「【クイックチェンジ】【滅殺領域】！」

装備の変更で防御力を元に戻して、メイプルの背には黒い四枚の羽が生える。

ドボンと着水すると同時の轟音《ごうおん》。降り注ぐ赤黒いスパークが青い湖面の輝きと混じり合って目が痛くなるほどの光を辺りに撒《ま》き散《ち》らす。

本体が動かないなら真下にメイプルを放り込む。湖のほぼ全域が、メイプルの放つ文字通り滅殺の領域に取り込まれ、ボスのＨＰがガリガリと削れていく。

これではたまらないと水球は変形し、水中へ次々に攻撃を繰り出すものの、メイプルを傷つけるには至らない。

それでも、ボスもただではやられない。湖面から離れていた体を湖へと伸ばしたかと思うと、HPを回復し始めたのだ。

【滅殺領域】の回復効果減少をもってしてもHPが徐々に増えていく。

強烈な回復を水中から確認したメイプルは、一ついいことを思いついた。

「……！」

回復のため敵は湖に浸かっている。つまり水と接している。ならばとメイプルはスキルを発動する。これも狙いをつける必要はない。狙わずともボスに届くことが確定しているからだ。

「【毒性分裂体】【毒竜《ヒドラ》】！」

メイプルから溢《あふ》れ出した毒は瞬く間に青い輝きを飲み込んで全ての水を染め上げると、ボスの体をも汚染し侵していく。

サリーは【滅殺領域】と共に不可避の攻撃でHPを削っていくその姿を水際で眺める。

「これなら時間の問題かな」

下手に手を出す必要はないと、水中のメイプルと繋《つな》がった糸だけはしっかり管理して、息が続かなくならないようタイマーを確認するサリーなのだった。

◆□◆□◆□◆□◆

溢れ出る毒と【滅殺領域】によって痛めつけられること数分。

ＨＰがゼロになり、ドロドロと溶け落ちるように崩れ元の湖に戻っていくボスを見てサリーは糸を引く。

確かな手応えと共に先端に巻き付いていたメイプルが引き上げられ水面に姿を現す。

【滅殺領域】の効果時間も終わり、【毒性分裂体】も水中で破裂させ、安全な生き物になったメイプルは無事回収された。

「お疲れ様。作戦通りに勝てたね」

「うん！　上手くいったかも！」

「最後は攻撃頻度も上がったし、水上っていうのも嫌な位置取りだし、飛行機械を上手く扱って戦えるかのテスト的なボスでもあったのかも」

「なるほど」

順当にいけば飛行機械は全プレイヤーが手にするものだ。であれば少なくとも三層エリアのボスくらいは、それを前提として作られていてもおかしくはないだろう。

「今回はメイプルの出力が上回ったけど、今後はもっとちゃんと飛んで戦うことも大事になってくることも想定しておこう」

「じゃあもっと練習しておかないと！」

「そうだね。今回みたいな攻撃だとメイプルは避け切れないだろうし」

クエスト的にもまだ序盤のボスなのは間違いない。今後攻撃がより苛烈《かれつ》になっていくことも考えると、飛行機械を操る訓練は続けていく必要がありそうだ。

今後のことも考えつつ、二人はここへやってきた目的であるクエスト達成のためにアイテムを回収する。

先程倒したボスがドロップした、輝く濃い青の液体。これが今回必要なアイテムだ。

「よーし、ばっちり回収！」

「また強化が進むね。今度は飛行可能時間増加だし、練習も捗《はかど》りそう」

「だね！」

今回もこれまで同様帰るための魔法陣が出現しており、帰りは安全に外へ出られるようになっている。

「メイプル？」

いつでも戻ることは可能だが、サリーが振り返ると、メイプルは毒が消え元通り綺麗《きれい》に輝く湖を眺めてじっと立っていた。

「サリーと初めて行ったのも地底湖だったよね」

「そうだね。こんな風に湖は光ってなかったけど、そこでこの装備も手に入れたし」

「ねー」

流石にステータスは見劣りするものになってはきたが、【蜃気楼《しんきろう》】は今も唯一無二の性能でサリーの戦闘に貢献してくれている。

思い出としても性能としてもサリーにとって大事な装備だ。

「あの時に【水泳】も【潜水】も上げたなあ。結構時間かかったけど」

「でも八層でも大活躍だったし！」

「あはは、あんなに役立つ階層が来るとは思ってなかった」

サリーはメイプルの隣まで来ると同じように湖を眺める。

「綺麗」

「うん！」

「十層だからなのかな」

「……？」

「ほら、エリア自体もそうだけど。ダンジョンもこれまでの思い出を刺激してくるみたいな」

「言われてみれば……そうかも」

振り返り、総決算。十層の有り様がそういったものなら、サリーの気づきもあながち間違いではないのかもしれない。

「沢山振り返っていこうね。思い出の数だけ」

「そうしよー！」

戻るのはもう少し後回しにして、二人は神秘的に輝く地底湖の側で、邪魔されることなくゆっくりとした時間を過ごすのだった。

しばらく思い出話をしつつゆったりと地底湖を眺め、満足した二人は町に戻ってくると早速強化を済ませる。

これで飛行速度と飛行時間、二つの重要な強化が済み、飛行機械も分かりやすく一段階グレードアップしたと言えるだろう。

「まだ一段階なのに結構飛べる時間延びたね」

「十層は広いし助かる」

クエスト、自由探索。二人がさて次はどうしようかと考えていると、一通のメッセージが届いた。

「イズさんからだ」

「同じメッセージが届いたみたい。時間があったら来て欲しいってことだけど、どう？」

「もちろん行こう！」

「オッケー。ちょうどクエストも一区切りついたところだしね。早速行こう」

二人はメッセージを返すとイズが待っている場所まで向かうことにした。

二章　防御特化と飛行機械。

速度を強化した飛行機械の性能を活かして、二人は町の中心へ向かって飛んでいく。

まだほとんど未探索の町を見渡し、今後の観光にも期待が膨らむ。

大きな歯車が噛《か》み合って動いている様や、高い塔の壁面を上っていくエレベーターらしき装置。飛行機械があるが故の高低差のある町並みはフィールドにも負けず劣らず探索しがいがありそうだった。

もちろん拠点となる町は三層エリア以外にもある。味わうべき場所はまだ数多くあるのだ。

そんな二人は空からの眺めを満喫して、イズと待ち合わせていた場所、ギルドホームに到着し扉を開ける。

そうして最初に二人の目に飛び込んできたのは、ギルドホームの大きなソファーの背もたれに体を預けてぐったりとしているイズだった。

「イズさーん！　来ました！」

「お疲れ様です……何かあったみたいですね？」

「ええ、そうなのよ」

イズはメイプルとサリーが一つ目の『魔王の魔力』を手に入れるまでに、三層エリアで何があったかをかいつまんで話し始めた。

「マイちゃんとユイちゃん、それにカナデも合わせて四人で三層エリアに向かってしばらくして、クエストの内容はある程度判明したの」

「皆、飛行機械は欲しいですからね」

十層のメインクエストとは別に、飛行機械という明確な利益がある三層エリア。そこに他と比べて多くのプレイヤーが集まってくるのは必然だった。

「マイとユイから聞いた話だと、クエスト内容は完全には解明されていないとか」

「そうなの。正確には、おそらく解明されていないって感じなのよね」

「「……？」」

イズ曰《いわ》く、クエストには所々難易度の高いものはあったが、十層まで順調に辿《たど》り着《つ》くことができたプレイヤーがクリアできないようなものではなく。二人の想像とは異なり多くのクエストは既にそれぞれ誰かの手によって一度はクリアされていたとのことだ。

「すごーい！　そうなんだ」

「それで未解明……ということは『魔王の魔力』が見つからなかった？」

「そう。そうなのよ。結局『魔王の魔力』はクエストの報酬にはなかったの」

「『魔王の魔力』はあるはずだと思うので……未発見のクエストがあってもおかしくはないですね」

膨大な量のクエスト。それも三層エリアに深く関係するもの。ここに『魔王の魔力』がないのは少々不自然だと言える。

そう思っているからこそイズ達を含む多くのプレイヤーは、何か未解明の謎があるのではないかと注意深く探索を続けていたのだ。

「えっと、どうでした？」

「私は全然駄目だったわ。そもそも私が見つけられるようなら他の誰かが見つけていそうなものだもの」

イズは探索によって思ったような成果をあげられなかったようだが、誰も糸口をつかめていないならそれが普通というものだ。

「ただ……」

「『ただ？』」

「カナデは違ったみたいね」

イズが笑顔を見せてそう言うと、二人もいい報告を期待して続きを待った。

【楓《かえで》の木】にはこういった謎解きのエキスパート。見たものを忘れない記憶力やゲーム内の創作言語を解読できる程の思考力を持ち、普通は気づかないようなささいな違和感を察知できる頼れるメンバーがいるのだ。

「カナデは普通の流れでは出現しないクエストを見つけ出したの。それはどんどん次のクエストに繋《つな》がっていって……いくつかクリアはしたのよ？」

　しかし、おそらくカナデの見つけたクエスト群は『魔王の魔力』に繋がるもの。難易度も急上昇し、イズ、カナデ、そしてマイとユイというパーティー構成ではクリアできないクエストが出てきてしまったとのことだ。

「あ、そういえば三人はどうしたんですか？」

　この謎を解明したカナデに頼りになるメインアタッカーであるマイとユイ。三人の姿はギルドホームにはなかった。

「八層エリア……水中探索が必要な所ね。そこにも謎解き要素があるみたいで、先にそっちに行ってもらったわ」

「確かにその方がいいですね。私達だと未知の言語とか出された時に手も足も出ませんから」

「またお礼言っておかないと！」

「というわけで、二人にはクエストクリアの手助けをお願いしたいの」

「もちろんです！」

「皆がまだ答えを見つけられていないうちに、一番乗りを目指しましょう」

「頼もしいわね。頼りにしているわよ」

「「はい！」」

　対応できる幅も広く、名実共に【楓の木】のトップ２である二人だ。

ギルドメンバーが切り開いてくれた道を進む力は備わっている。

「じゃあ早速助けてもらおうかしら」

「任せてください！」

「クエストの場所までは乗せていくわ。私の飛行機械は複数人乗れるものなの」

「あ、そうなんですね」

三層の時は戦闘中に武器を使いにくくなるため不人気なタイプだったが、移動するだけなら悪くない。イズは戦闘に重きを置いていないタイプのプレイヤーでもあるため、その選択にも納得がいく。

「ふふ、三層の時とはちょっと違うのよ」

「「……？」」

「見れば分かると思うわ」

イズの言っていることは正確に把握できていないままだが、二人は決めた通り共にクエストへと向かうことにする。

そうしてギルドホームから出ると、二人はすぐにイズの使っている飛行機械を目にすることとなった。

「これが今回の私の飛行機械よ！」

「おおー！」

「えっと……これは？」

目の前にあるのは飛行機械と言われると疑問符が付くような異物。何に近いかと聞かれれば、むしろメイプルの【機械神】というのが正しいだろう。車というよりはもはや装甲車や戦車というほどになってしまった大量の追加装甲。それは多くのクエストをクリアして手に入ったパーツにより、いくつもの砲やレーザー、各種属性兵器にブースターと盛りに盛った改造済みの代物だった。

「素体が大きいとパーツもたくさんつけられるのよ。その分小回りは利かなくなるけれど……」

ブーツタイプにはない利点。これならイズもいつも以上に戦える。少なくとも目の前の異形じみた車体にはそう思わせるだけの迫力が存在した。

「かなり強そうですけど……これでも勝てないってことですよね？」

「そうね。勿論《もちろん》サポートはするわ」

「頑張ります！」

強敵が待っているのは間違いない。メイプルとサリーはイズからモンスターの情報を聞きつつ、飛行機械に乗り込む。

中は自動車らしい造りになっているが、操縦席部分は別物で、いくつものレバーやボタン、空中には何を示すのかも分からないレーダー画面が光を放ちながらずらっと並んでいる。

「うわ……難しそう……」

「色々と改造しすぎてこんな風になっちゃったの。でも、一回覚えればあとは便利なことも多いのよ」

イズがレバーを引いてボタンをいくつか操作すると、一つ起動音のような音を立ててふわりと空中に舞い上がった。

「ちょっと遠いけどそう時間はかからないと思うわ」

そう言うとイズの操縦する飛行機械は、メイプル達のものとは比べものにならないスピードで空を走り抜けていくのだった。

◆□◆□◆□◆□◆

ものの数分で目的地まで辿り着いたイズは、メイプルとサリーを降ろすといくつかボタンを押して自分も飛行機械から出る。

すると、三人を乗せていた飛行機械はみるみるうちに小さくなってイズの近くをふわふわと浮いてついてくるようになった。

「これで戦う時はいつでもすぐに使えるのよ」

「いい機能……ほぼフル改造しているだけありますね」

「そういうこと」

「えっと、ここで何をすればいいんですか？」

メイプル達の前にはいくつもの大きなバネや歯車、機械のパーツらしきものが転がっているが、ただっ広い平地が広がるばかりでモンスターもおらず、何をすればいいかは一見しただけでは分からない。

「何かありそうではあるけど……」

「何かが分からないと手のつけようがないね」

「実は適切なエネルギーを適切な量、供給する必要があるのよ。カナデはその詳しい数値と……そもそもの条件自体を探り当てた」

そう言うとイズは二人に指示を出しながら、いくつものアイテムを手渡していく。

「お、多くないですか？」

「う、うん。持ちきれるかな……？」

「籠《かご》に入れた方がいいかも。インベントリだと分からなくなっちゃうかもしれないし」

「そうしよう！」

「でも……確かにこれだと偶然には見つからないかもしれないですね」

渡されているアイテムはどれも属性攻撃ができるもの。その量からして偶然見つけるとしたなら魔法を乱れ撃つ必要があるのは間違いない。ただ、この辺りはモンスターもおらず、そういった偶然は起こりにくいように作られている。

「ぱぱっと準備しちゃおうか。せっかくカナデが真っ先に見つけてくれたものだしね」

「うん！」

メイプル達は急いで準備を済ませるとイズに報告して待機する。

「フェイ、【糸水】！」

フェイのスキルでバネや歯車を繋ぐように細い水が伸びていく。それはつまるところ導火線。全てのアイテムを一度に起動するための下準備だ。

「準備完了ね。じゃあいくわよ」

刺激を与えればアイテムは一斉に効果を発揮する。イズの手元で砕かれた黄色い結晶から迸《ほとばし》る電撃は、伸ばした水の糸を伝って辺りに広がっていき、あちこちでエフェクトを散らした。

それに続いて響く重低音。動き出した各種のパーツは少しすると目の前に青いスパークを散らし、同じ色をした一つの魔法陣を生み出した。

「すぐ消えちゃうから急いで乗ってね」

「はいっ！」

「分かりました」

タイミングを揃えて魔法陣の上に飛び乗ると、バチバチと激しい光が辺りを照らし三人を別の場所へと転送するのだった。

◆□◆□◆□◆□◆

光が収まり全ての機械が再停止した頃、メイプル達は完全な別空間にいた。

「うわあ……どうなってるんだろう？」

「落ちたら……まずいかもね」

メイプル達がいるのは宇宙のような暗い空間。どこまで広がっているのか分からないその場所には、足場となるような岩石や建造物の残骸《ざんがい》が浮かんでいるだけで天井も床もない。

今いる足場の縁《ふち》から下を覗《のぞ》き込めば、広がるのは漆黒の奈落《ならく》だけだ。

「ええ。ある程度落ちちゃうと即死するから気をつけて。どこまで行ったらアウトかは正確には掴《つか》めていないの」

「分かりました。気をつけます」

「メイプルちゃんもね。防御力ではどうしようもないから」

「はいっ！」

「二人なら分かると思うのだけれど……マイちゃんユイちゃんと一緒に戦ったボスで、重力方向が変わる相手がいたのよね？」

「いました」

「えっと……『魔王の魔力』をくれたボスだよね？」

「その時みたいに、重力方向が切り替わる場所があるから気をつけて」

「分かりました」

「気をつけます」

今回は飛行機械がある分融通は利くが、突然意図しない方向へ強制『落下』させられれば操作ミスも起こりうる。

事前の情報共有に感謝し、注意深く進むことにすると二人は順路を探して改めて辺りを見渡す。

「ボスまでは一度辿り着いているから案内は私がするわ。二人はモンスターの対処をお願いできるかしら？　勿論いつもより積極的に火力支援もできるわよ」

イズは飛行機械を元のサイズに戻すと操縦席に座って、いくつかの兵装を動かしながら外の二人にスピーカーで声を届ける。

「任せてください！」

「道案内はお願いします。あとは重力方向の切り替わるエリアの位置と敵について、分かっているだけの情報を」

「ええ、共有するわ。事前にまとめておいたの」

イズはそう言うとまとめた資料をメッセージで送り、情報共有を行う。

クリアできなかったダンジョンと言うだけあって、道中の敵やボスの行動は強烈だ。加えてエリアそのものもこちらに不利な戦いにくい場所である。

「気を引き締めていくよ」

「分かった」

二人はモンスターが出てくる前に共有されたデータを頭に叩《たた》き込《こ》むと、前を進むイズの飛行機械を追って移動を開始した。


イズに教えてもらっているため、突然の重力変化に怯《おび》える必要はあまりない。

二人は未発見なギミックの存在を警戒しつつ、飛行機械の性能を活かし高低差のある浮かぶ足場を一つ一つ軽やかに飛び移っていく。

「この辺りで……来たわ！」

その言葉に二人は武器を構える。前回同様、イズ達が出会った場所でモンスターが湧く。暗い奈落が三ヶ所グニャッと歪《ゆが》んだように見えたかと思うと、暗闇を裂いてモンスターが現れる。

魚の形の体はガラス製のように透明、透けた内部では音を立てて動力となる機械が駆動する。胴長の機械魚はメイプル達がそうするように空中を自在に泳ぎ回ると、時折次元の狭間へ消えるように暗闇に潜行し三人を取り囲みながら距離を詰めてくる。

そうして一定距離まで近づいてきたかと思うと、急激に潜行頻度と移動速度を上げ戦闘モードに入った。

機械魚の泳ぐ軌跡にまるで鱗《うろこ》が散るように輝く小さな歯車が舞った直後、それらは急加速し弾丸のようにメイプル達に向かってくる。

イズから貰《もら》った事前知識で、その一つ一つに防御貫通効果があることを知っているメイプルは【身捧《ささ》ぐ慈愛】は使わずに、装備しておいた純白の盾を構える。

珍しく体で直接受けられないため盾を構える必要があるが、【悪食】はまだ温存しておきたいのだ。

放たれた歯車の軌道はあくまで直線的なもので、近づかれたといってもまだある程度の距離はある。そのまま来る限りメイプルとて防御できないものではない。

しかし。飛来する歯車は魚達と同様に途中で次元の狭間へ消え、四方八方へ散りながらタイミングをずらして襲いかかってきた。

死角を潰《つぶ》すように周囲を確認し、着弾順を計算して順に弾く。

それができれば被害は出ないだろうが、それはそう簡単なことではないのだ。

「大丈夫」

「【挑発】！」

メイプルにぴたりと張り付くのは最後の砦《とりで》にして最強、不可侵の盾。

攻撃を引きつけた結果、メイプルが対処可能な量はもはや超えている。しかしメイプルが守るのは正面だけでいい。

ギィンギィンと音を立てて、的確に、完璧《かんぺき》に、サリーのダガーは多方向から迫る歯車を叩き落とす。

イズのお陰で事前に攻撃内容を知っていたサリー。初見の攻撃すら避けて撃ち落として見せるその技能を前に、既に手の内を明かされていては軌道をいくらか複雑化しようともその守りは貫けない。

「【展開・右手】！」

守りをサリーに任せて、メイプルが反撃の銃弾を放つ。しかし敵の守りも固く、メイプル達が攻撃を弾ける距離感を保っているが故に、着弾に合わせて次元の狭間へ潜ってしまい攻撃は当たらない。

それでも。継続的な遠距離攻撃ができるメイプルが、敵の回避を簡単に誘発させられるのは確かな事実なのだ。

「流石よ。これなら……！」

長距離かつ着弾までのラグが少ない攻撃。普段のイズには難しいが、改造に改造を重ねたこの空飛ぶ装甲車に乗っているうちは別だ。

実体を見せた機械魚を素早い操作でロックオンすると、イズはガシャンと大きなレバーを引いた。取り付けられた巨大な砲口が赤く発光する。そこから溢《あふ》れ出した炎は指向性を持ち、泳ぎ出てきた魚に向かって一直線に襲いかかった。

遠く暗闇を照らすように、魔法使いの操る高威力の魔法にも劣らない炎が大きなダメージを与えていく。

「すごーい！」

「どれだけ改造したんだろうね……」

あの様子だと射程や威力も普通に砲を取り付けただけのものではなさそうだ。

「っと、気にしている余裕はくれないか……！」

「任せたよサリー！」

「大丈夫。ミスはしない」

今回の防御の要はサリーだ。ステータスや保有するスキルだけ見ればそれはおかしな話ではあるが、事実この戦線が安定しているのはサリーの技術によるのである。

「本当……あれは真似できないわね」

期待通り異次元の対処で被害をなくすサリーを操縦席で確認しつつ、イズはメイプルと連携しての撃破のため、次の弾を込めて機械魚が現れる瞬間を狙うのだった。

「イズさん！」

「ええ、任せて！」

メイプルのレーザーを避けながら歯車を射出し、攻防一体の動きで攻め立てる機械魚。しかし次元の狭間より出てきたところを正確に狙われ続けては苦しく、一匹二匹と撃墜されていく。

機械魚が絶えず飛ばし続けた輝く歯車は百を超えるだろう。

その上で防御貫通かつダメージも無視できない。相当なプレッシャーを持つ弾幕は、基本的にどんなプレイヤーにとっても脅威であるのは間違いない。

「うん。そろそろ大丈夫かな」

「最後の一匹！」

それでも、その全てを撃ち落とす怪物が敵にいては一切ダメージに繋《つな》がらないのだ。

まるで機械であるかのように、機械魚よりも精密に正確無比に。この埒外《らちがい》の存在、サリーによって本来機械魚が有利に進められるはずのダメージトレードは成り立たなくなる。

一匹倒れるたびに弾幕は薄くなる。最大出力で超えられない守りを超えられるようになることは当然なく、やがてメイプル一人でも盾で受け切れてしまうほど弾幕は薄くなっていった。

そうして、イズの放った暴風の砲弾が最後の機械魚の頭から上を粉々にしながら吹き飛ばし奈落へと沈め、第一戦はメイプル達の完勝と言える結果となったのだった。

◆□◆□◆□◆□◆

まず無事に敵を退けたところでイズから声がかかる。

「お疲れ様。おかげで切り抜けられたわ。でも、大丈夫？　かなり大変な役割だったと思うわ」

「大丈夫です。これくらいならあと何回やっても」

これくらいと言うにはあまりに負荷の大きい戦闘だったとイズは認識しているが、サリーの言葉からは嘘をついている様子や無理をしているような雰囲気は感じられない。

つまり、本当にこれくらいは当たり前にこなせる程になったということなのだろう。

サリーもこのゲームを続けて随分時間が経った。元から高い技術を持ってはいたが、戦闘経験を積むことでそれはより磨き上げられた。

であれば、このパフォーマンスを続けられたとしてもおかしくはない。

「分かったわ。でも無理はしないでね」

「はい。あくまでボス戦が本番ですから」

ボスまではメイプル達なしでも辿《たど》り着《つ》けているのだ。二人の力が本当に必要になるのはまだ先である。その時になってガス欠では、手助けするためにここへ来た意味がないからだ。


サリーの負担を気にしつつ、一行は順調に奥へと進む。

結果として、イズの心配をよそにサリーは宣言通り重要な役割である防御面を担い切ってみせた。

そう、目の前にはボスへと繋がる扉が聳《そび》え立《た》っていたのである。

扉は浮かぶ瓦礫《がれき》の上にあり、後ろは暗闇が続くばかりだが、何度も見てきたボス部屋の証であり間違いはない。

今回はそもそもが普通の壁や床があるダンジョンではないのだ。ボス部屋は扉の向こう、隔絶された空間となっていると予想がつく。

「それにしても驚いたわ……すごいすごいとは思っていたのだけれど……」

「本当にすごいよー！　いくつ弾いたんだろう……？」

「強くなるために日々特訓してるからね。あと、決闘相手も手数とか遠隔攻撃とかで攻めてくるタイプだし、慣れてた部分もあるかも」

言うまでもなくフレデリカ、続いてベルベット、稀《まれ》にウィルバート。

この面々を相手にして勝ち続けられることそのものが、サリーの弾幕への対処がいかに上手いかを示していた。

「さて、まずは分かっている部分を再確認しておきましょう」

「ですね」

まずはボス戦前に敵の攻撃パターンを改めて確認する。中にいるボスは道中のモンスター同様機械でできており、見た目は大きな白鳥のようなものだ。

かつて第二回イベントで戦った『銀翼』とはタイプが異なり、優雅に空を飛び、肉弾戦は仕掛けてこないものの、時空を歪めて金属製の羽根をあちこちから射出してくるのがベースとなっている。発射された羽根は途中で次元の狭間へ消え四方八方から襲ってくるのは勿論《もちろん》、急停止や急加速すら可能としているとのことで、弾くこともより難しくなっている。

やはり雑魚モンスターとは格が違うというわけだ。

「これだとイズさん達が四人でクリアするのは厳しいのも分かります」

カナデは貯め込んでいた魔導書を前回の大規模対人戦で粗方使い切っており、対人イベント前のスペックに戻るのにまだ時間がかかる上、そもそも魔法障壁はそう連発できないため、この手数で着弾のタイミングまでずらされては被弾の許されないマイとユイを守るのは困難だ。

「とはいえ大盾使いも相性がいい訳ではないし……強力なボスだと思うわ」

雑魚モンスターが標準搭載していた防御貫通は、当然ボスも備えている。

メイプルとしても【身捧ぐ慈愛】で完封して、相性の有利を活かして楽に戦えるような相手ではない。

「イズさんには頼もしい飛行機械があるから、それを活かしながらやろう」

「おっけー！」

防御貫通を前提とするため、メイプルより装甲車の中のイズの方が安定して耐えられる。

必要に応じてイズにも敵の攻撃を受け持ってもらうこととしつつ、基本の形は変わらない。

メイプルとイズのどちらかが敵の回避を誘発し、もう片方が攻撃を通す。

サリーは防御に全リソースを注ぎ、敵の攻撃を無効化することに専念する。

道中から変わらず作戦の要はサリーだ。

「ふー」

激しくなることが予想される戦闘を前に、サリーは一つ深呼吸をして集中力を高める。

「大丈夫そう？」

「任せて。それに……練習しておいたとっておきを見せてあげる」

「頑張って！」

「ん、そっちこそ」

自信あり気に言うサリーを疑う必要はない。昨日も今日も明日も、メイプルはサリーを信じている。任せてと言われたなら、後は自分の役割を果たすのみだ。

「最後にバフだけかけて入りましょう。底上げはいつだって重要よ」

イズは三人に効果が掛かるようにいくつもの香を焚《た》き、結晶を砕いて、ポーションを手渡す。

全員の体から複数の輝くオーラがゆらめく中、バフの効果を少しでも長く残すために、三人は急いで目の前の扉を開けて、ボス部屋の中へと飛び込んだ。


中は道中と大きく変わりはないようで、壁や床のない空間がどこまでも広がっており、そこにいくつもの足場が浮かんでいる。

立体的に配置された足場は飛行機械を活かして飛び移っていくことができる距離感で、ここのボスが鳥であることも考えると使い方が重要になってくるだろう。

「まずは予定通りにね！」

「「はい！」」

奥からは巨大な白鳥がゆっくりと暗闇の中より顔を出し始め、輝く嘴《くちばし》にガラスの瞳《ひとみ》、攻撃にも用いる金属の翼をばさりと広げボスらしい存在感を放っている。

ただ、登場をじっと見ている必要もないわけで、メイプル達は素早く下準備を始めていた。

重要なのは足場の拡張。アイテムを使って本来の足場である瓦礫の端に鉄板を追加する。サリーが動きやすくなればなるほど戦いやすくなるため、まずはボス出現時の貴重な隙を突くのだ。

「【挑発】！」

メイプルが注意を引くと共にイズは飛行機械で浮上し離れていく。

ボスの攻撃範囲は広く、巻き込まれる立ち位置を取るのは自ら不利を背負いに行くのと同じだ。

「メイプル、攻撃は任せた」

「任された！」

メイプルが片手を兵器に変形させたところで、暗闇から完全に姿を現した白鳥は大きく羽ばたき、一度金属が擦れる大きな音を立てると、暗い空を飛び始めた。

「【攻撃開始】！」

メイプルの手から放たれた一条のレーザー。着弾直前、ボスは吸い込まれるように暗闇の中へ姿を消し、入れ替わりに輝く金属の羽根が撒《ま》き散《ち》らされ、急加速してメイプルの方へ向かってくる。

それらは途中で暗闇に吸い込まれ、メイプルを取り囲むようにいくつもの揺らぎが空中に現れた。

「本気で行くよ……【竜炎槍】！」

サリーの両手に顕現したのは燃え盛る炎の槍。手に巻きつけた【糸使い】の長い糸の先に括りつけられたのは愛用の青いダガー。

矢のように飛んでくる幾本もの羽根。メイプルを守る立場でありつつも、当たろうものならサリーもまた即死する。

それでも恐れはない。サリーは敵の攻撃をしっかりとその目で捉《とら》えて炎の槍を振るった。

キィンと音を立てて槍が迫る羽根を叩《たた》き落《お》とす。しかしこれでは、リーチが多少伸びただけ。

槍の届かない場所から次なる羽根がメイプルを襲う。


ギィン。ギィン。


「わあ……」

「オーケー。いける」

金属のぶつかる音と共に空中の羽根が弾かれて落ちていく。

長い糸に繋がれたダガー。鞭《むち》のように振るわれたそれは、驚くべきことに的確に羽根を撃ち落としていく。

サリーが身につけた変則四刀流。手を離れてしまっているダガーは攻撃のダメージは期待できないが、防御においてはまるで自動迎撃システムかの如き動きで鉄壁の守りを実現する。

勿論おかしなことではあるが。

見えない腕があるように、そこに神経が通っているかのように。糸で繋がれただけのダガーは完《かん》璧《ぺき》な動きを見せる。

ダガーが意思を持っている。そういったスキルである。そう説明された方がよほど受け入れやすい。

背中に目があるかのように攻撃を認識し、ただの一つも間違うことなく適切な順に撃墜する。それは最早スキルの領分だ。

「大丈夫。信じてくれていればいい」

「うんっ！」

これがただひたすらにプレイヤースキルを突き詰めたサリーの防御形態。それが弾けるものである限り、糸の届く範囲内の全てを撃ち落としていく、誰も真似しようがない絶技。

「【水竜】！　【鉄砲水】！」

溢《あふ》れる水は降り注ぐ羽根を阻む。適宜スキルを組み合わせることで、この守りは真に鉄壁となった。

「【毒竜《ヒドラ》】！」

「こっちも行くわよ！」

メイプルは絶えずレーザーを放ちつつ、ボスが姿を現したところにイズと二人攻撃を叩き込む。

やはり、複数種類の強力な遠距離攻撃を持つのはメイプルの強みである。

本来大盾使いが取れない先手を取って、ボスへの攻撃を成功させＨＰを減らす。

ただ、ボスがボスたる所以。道中の機械魚とは格の違う存在であることを即座に示してきた。

ボスは三人と正対すると、金属製の大きな翼をギリギリと曲げて先端を頭上で合わせる。翼がちょうど円形を描いたかと思うと、それは眩《まばゆ》く発光し始めた。

「……メイプル！」

「【カバー】【ピアースガード】！」

サリーは素早くメイプルと立ち位置を入れ替えて、イズは上空へ避難する。

円形の翼は砲口。一瞬の後放たれた純白の光線は多くの足場ごとメイプルとサリーを飲み込んだ。

「大丈夫！」

「さっすがメイプル！」

光が収まって行く中、サリーを守った上で無傷で立つのはメイプルだ。

メイプルは羽根に対処できない。が、サリーには可能だ。サリーに光線は弾けない。だがメイプルならそれを受け止められる。

二人が弱点を補い合ってボスの攻撃をやり過ごす中、上空で一人自由なイズは四つの武器にエネルギーを込めた。

「ロックオン、発射！」

放たれたミサイルは空中で小さく分裂しボスを囲むように迫り爆発し、正面からは竜のブレスを模した炎が、上空からは意趣返しとばかりに光の柱が降り注ぐ。最後には追撃の暴風が翼をもぎ取らんとする勢いでボスに襲いかかった。

当然まだまだ撃破には至らないが、一生産職が出したとは思えないほど大きなダメージを与えられた。

「これからもいつでも使えたらいいんだけれど……さて、まだまだここからね」

改造に改造を重ねた自慢の機械は手応えアリ。イズは再度攻撃の機会を窺《うかが》いつつ、撃墜された時の足場にも気をつけながら操縦を続けるのだった。

イズとメイプルの攻撃によってＨＰが削れたことで、ボスは次なる攻撃を繰り出す。

マイとユイの攻撃力を活かすことでイズ達が確認できたのはここまでだ。

この攻撃までの対処は考えてある。といっても、それはとんでもない力技ではあるのだが。

足場全てに魔法陣が浮かび上がり、そのうちいくつかが点滅したかと思うと、メイプルとサリーが真上に跳ね上がる。

「落ち着いて」

「大丈夫！」

事前に知っていたこともあり、二人は素早く飛行機械を起動する。事前に練習を重ねた成果は確かにあった。下から押し上げられる感覚がありつつも、メイプルはちゃんとバランスを取って空を飛べている。

しかし、飛行機械の飛行時間には限りがある。安定した足場を求めて瓦礫《がれき》に降り立つ必要があるのだ。

「メイプル、こっち！【水の道】！」

サリーはメイプルを糸で引くと生み出した水の流れに乗せて足場へと移動させようとする。

それに対しボスも容赦なく攻め立てる。再度金属の羽根がばら撒かれ、空間が歪《ゆが》みメイプルの周りに大量の羽根が出現する。

「サリー！」

「気にしないで」

空中であっても飛行機械が機能している間はサリーにとって地上と変わらない。メイプルよりもさらに自由自在に空を駆け、水に流されるメイプルの周りを舞うように動くたび、炎槍とダガーが空中に軌跡を残す。

「これくらいじゃ破れないよ」

「【攻撃開始】！」

正面からの羽根はメイプルが自らの弾幕で撃ち落としながら、遠くのボスを狙い撃つ。

頭上ではそれに合わせてイズの砲も火を噴いて、ボスのＨＰをさらに削っていく。

イズの飛行機械の飛行可能時間はメイプル達のものとは比べ物にならないくらい長い。お陰で足場を起点としたギミックの影響を受けず、三人は順調に戦闘を進めていた。

「メイプル、次は前に行く」

「分かった！」

「ついていくわ」

金属羽根の対処を済ませ、空を飛び回るボスに合わせて細かく位置を調整する。合わせてイズも動く。射程内に入れ続けて、こちらもまた攻撃の手を緩めない。続けていても問題ないと言っているが、サリーの超人的なパフォーマンスによって成り立っているという事実を鑑みるに、可能な限り早く戦闘を終わらせる方がいいのは確かだ。

「【滲《にじ》み出《で》る混沌《こんとん》】！」

「【水竜】！」

「狙って……よし！」

純粋な魔法使いがいない中、三者三様の長射程攻撃によりダメージを蓄積させ、ボスのＨＰを削り続ける。

驚くべきことではあるが、サリーがボスの羽根による連続攻撃に慣れ始め、スキルによる攻撃参加を始めたことでダメージはさらに増加した。

このまま何も変化をつけてこないなら、撃破の見込みも立っていたが、流石にそう簡単に三人にやられるつもりもないようで、半分以下になったＨＰは次なる行動へのトリガーとなった。

「……何かする気だね」

「イズさーん！」

「ええ、向かうわ」

ボスは大きく羽ばたき辺りに金属音を響かせると、天井のない空へこれまで以上に高く舞い上がる。それが何かを準備しているように見えて、メイプル達は一旦《いったん》集まって様子を窺う。

【イージス】も【身捧《ささ》ぐ慈愛】と【ピアースガード】のコンボも残っている今、大技ならメイプルが対処するのが確実だ。

遥か上空でボスが動きを止めると、抜けた金属の羽根を円周として空にいくつもの円を形作り、一列に並べた途端輝く光が溢れ出す。

それが想起させるのは先程ボスが放った強烈なビーム。それも今回は一つや二つではない。十を超える砲口が空から三人を見下ろしていた。

バランスを崩させるための魔法陣が設置された足場はそれぞれ順に上昇し、それらに飛び移っていくことで上で待つボスのところまで辿《たど》り着《つ》けるような配置に変わっていく。

見るからに最終局面。勝つためにはこの最後の関門を突破しなければならない。

「射程に入れるには飛ばないと駄目ね」

「急いで決めましょう。多分すぐに撃ってきます」

「ど、どうしよう？　飛んでいくのがいいのかな？」

浮かぶ足場は渡っていくためのものというより、叩き落とされた時や体勢を崩された時の立て直しに使うもの。ここが飛行機械がメインコンテンツの三層エリア故、サリーとイズはそう感じていた。

「一気に近づきましょう。メイプルの【悪食】を叩き込めれば、事故が起こる前に決着をつけられる」

「そうね、賛成よ。上に乗って！　運んでいくわ」

「頑張る！」

イズは飛行機械を二人に寄せると、大砲を格納して、屋根の上に二人を乗せる。ここなら緊急避難もでき、車内とは違ってサリーの変則四刀流もある程度活かせる。

「行くわよ！　私の操縦見せてあげるわ！」

イズが操縦を開始すると同時、空に輝く羽根の輪から光の柱が降り注ぐ。

強烈な加速。ここまではセーブしていたとばかりにブースターを起動し、凄《すさ》まじい速度とコーナリングで光の柱を縫うように避けていく。

「わわわっ！」

「縫い留めとくよ！」

吹き飛んでしまわないようにサリーは即座に糸で体を固定。いかにサリーといえどパリィの精度が多少落ちるのは必至。しかし、素早く状況を把握したサリーは、今まで自分達を取り囲むように出現し、羽根を射出してきた空間の歪みがイズのマシンの速度についてこれず囲い込みが成功していないことに気づく。

「オーケー、なら……！」

サリーは炎槍を消して、紐《ひも》に繋《つな》いでいたより使い慣れたダガーを手元に戻して握り直す。襲ってくるのはボスの方から真っ直ぐ降ってくる羽根のみ。それならば二本の武器で事足りる。

「まだまだ加速するわよ！」

車内から響く声と共に飛行機械がうなりを上げ、ボスの元へと高度を上げていく。

バキィンバキィンと響くのは、より不安定かつ移動する足場の上でも、サリーが問題なく金属の羽根を弾く音。

「エネルギーバリア、展開！」

ボスの降らせる光の柱にも負けない輝きが盾となって、車体に当たるはずの一撃を受け止める。

距離を詰めたことで回避が難しくなる中、イズは一日一度使い切りのバリアでより濃くなる弾幕の中を突破する。

「ふふ、乗りがいがあるわね！」

三層ではここまでのことはできなかった。十層の敵に合わせて引き上げられた飛行機械の性能を十全に発揮して、イズは役目を果たすつもりなのだ。

「メイプル準備して！」

「うん！　【全武装展開】！　【身捧ぐ慈愛】！」

十分な距離まで近づいたところで、メイプルはサリーを抱きしめてボスを見据える。

サリーを自分の爆風から守りつつ、直線距離で最速の飛行を。

「【攻撃開始】【ピアースガード】！」

イズの飛行機械を足場にメイプルは真っ直ぐにボスへと飛んでいく。イズにもサリーにもできない全てを無視する強行突破。【ピアースガード】によって防御貫通を無効化すれば、自分の強さを押し付けられる。

「【クイックチェンジ】」

「【ヒール】！」

「【イージス】！」

白装備へと変更し即座に回復。ＨＰを確保してすぐ発動した【イージス】により無敵時間を継続して肉薄する。

ボスの体の中、噛《か》み合って回る歯車の音が聞こえる距離まで来たメイプルは、サリーと二人飛行機械で最後の前進を試みる。

「落ちついて……よしっ！」

「オーケー、いいね。周りは私に任せて！」

慌てずインベントリを開いて、大盾を必殺の【悪食】がセットされた『闇夜ノ写』へ装備し直すと、無敵時間が残るうちにボスの白鳥、その長い首に大盾を叩《たた》きつけた。

遠距離攻撃でじりじりと削ってきたのとは違う、より重い一撃。

サリーが周りの羽根を叩き落としていることで、余計なものを吸収することはなく、【悪食】は全てボスへと叩き込まれる。

「【攻撃開始】【古代兵器】【滲み出る混沌】【毒竜《ヒドラ》】！」

ガシャンガシャンと音を立てて二種類の兵装と強烈なスキル、さらに【悪食】という最強格の近接攻撃がボスを攻め続ける。

そうして、メイプルの放つスキルは白鳥の頭を首の半ばから千切るように刎《は》ねて、辺りにパーツが弾け、光の柱が消え、襲いくる羽根もその勢いを失っていく。

それはこの戦闘の終わりを示す分かりやすい印となったのだった。

ボスを構成するパーツがボロボロと崩れ落ちて消えていく中、ただ一つ空中に残ったのは輝く金属の羽根が複数枚連なってできた輪だった。

「無事クリアね」

「まず一つ、です」

「よかったー！　上手くいったね！」

「ええ本当に。二人と組むと楽に勝てる相手だと錯覚しちゃいそう」

メイプルとサリーの弱点は明確で、そこを突かれない限りダメージを受けることなく戦闘を終えることも多い。

性質上、一歩間違えれば敗北もありうるのだが、今回もダメージを受けることはなく、内容としては完勝といったところだ。

「ただ、実際かなり面倒な相手ではあったので……八層エリアの謎解きをしているカナデ達は別として、一旦カスミとクロムさんは呼んでもいいかもしれないですね」

クエストを進めているのがイズになるため、イズ主体で進めていくのが最も効率的だ。

メイプルとサリーが今から頑張ったとしても、それはイズの後追い。時間も限られているメイプルとサリーにとってあまり好ましい進め方ではない。

それに、あの飛行機械があれば守ってもらわずともイズは戦力になれるだろう。組み合わせの幅も戦い方のプランも増え、戦闘もしやすくなる。今回もクロムとカスミがいればまた別の戦い方ができたのは間違いなく、そうしたいくらいには敵の攻撃パターンは苛烈《かれつ》だった。

「まだ『魔王の魔力』は手に入っていないですし、今後も戦闘は予想されるので」

「そうね。ある程度目処は立っているわけだし、協力してもらって早く三層エリアを終わらせてしまう方が賢いかもしれないわ」

【楓《かえで》の木】が分散して探索を続けている理由は、各エリアの情報収集のためだ。

ある程度情報が集まったのならその場所の攻略を進める方向へ作戦を切り替えるのは悪くない。

「これは私がもらっておくわね。次のクエストへ行く前にこのクエストでできる改造を進めておく必要があるの」

「お願いします！」

「手伝うことはできるので」

「ええ、本当に助かったわ。この調子で頑張りましょう！」

三人は激戦を終えたそれぞれを労うと、浮かぶ瓦礫《がれき》の上に出てきた魔法陣に乗って、元のフィールドへと戻っていく。

◆□◆□◆□◆□◆

別世界と言っても過言ではない場所から、転移によって帰ってきた三人はその場で一息つく。

「今日はクエストはここまでね」

「そうしますか？」

「ええ。結構大変な戦いだったと思うわよ？　それに私の飛行機械も色々と使っちゃったしね」

エネルギーバリアや急加速用のブースターがない状態では、対応力も落ちる。

メイプルの【悪食】もないため今回と同じような戦い方はできない。サリーの疲労も溜《た》まってはいるはずだ。

それらを考慮すると、ここは無理をしないことが重要。あれより強いボスが出てくる可能性もあるのだから。

「しばらくは三層エリアの攻略に付き合ってくれると助かるわ」

「もちろんです！」

「空いた時間は……自分達の飛行機械の強化に使うのが良さそうですね」

「イズさんのすごかったもんね……」

イズ程とまではいかずとも、あの強さを目の当たりにすれば考え方も変わるというものだ。

今回はただ飛ぶためだけのものとして使うのはもったいない。

「そうね。それがいいと思うわ」

次の目標も決めつつ、三人は今日のところは解散とするのだった。

三章　防御特化とマイブーム。

メイプル達がイズの手助けをしてから数日。複数のクエストの先で辿《たど》り着《つ》いた隠しクエストなだけあって、三層エリアのクエストは複雑に枝分かれしながら進んでいった。

相談した通りカスミとクロムも呼んで、こつこつとクエストを進め攻略は順調と言える。

五人で行くことで対応力も上がる。特に大盾使いがもう一人増えることは大きな変化で、安定感が増し、防御貫通持ちが敵にきた時のサリーの負担が軽減された。

イズがいないと進められないため、いる間は最優先でクエストを消化していったことで、いよいよ隠されていた分のクエストも終わりが近づいてきていた。

今日のようなイズのいない日は、またそれぞれ分かれて別のエリアの探索を続ける。

入手できる『魔王の魔力』はまだある。三層エリアのように一捻《ひとひね》りある場合も考えると、分かれて探索しなければ時間があってもあっても足りないのだ。

そんなメイプル達は今日は一旦《いったん》、三層エリアで飛行機械の強化を兼ねて探索をしていたところだった。今は一区切りついて町まで戻ってきたのである。

残念ながら隠しスキル等には繋がらなかったものの、飛行機械はさらにグレードアップし移動能力や制御機能も強化された。

「他のエリアはどんな感じかなあ」

「カスミはかなり順調に四層エリアを進められているらしいよ。ちょっと違った進め方のクエストで、三層エリアみたいなクリアするたびに次のクエストが出るタイプじゃないみたい」

「へぇー楽しみ！」

「クロムさんは六層エリアを頑張ってくれてるって……そこは、任せようかな。モンスターの撃破数に合わせて色々あるとかないとか？　クロムさんだけだと難しいところもあるから、マイとユイも向かったって」

「そっちは私が見てくるよ！」

「お願いしようかな」

六層のホラーエリアはサリー特効。それはボスが放つ数百の弾幕よりもよっぽど強力だ。

「カナデは八層エリアだっけ？」

「そう。でも、もう結構解き明かしてるって話。だからマイとユイにクロムさんの方へ向かってもらったんだって」

「おー、流石カナデ！」

「だから次に行くとしたら……んー、五層エリア？」

全く手付かずのところは少しでも進めておきたい。『魔王の魔力』入手はクエストを受注できるプレイヤーが一人いれば皆で挑戦できる。

効率を考えると、次は未探索のエリアが目的地となる。

「それに……二層、七層、九層に関しては明確なエリア分けがなさそうだしね。一層エリアっぽいところには導入として『魔王の魔力』があったけど……」

サリーが列挙した層はどれも多くの地形が集まって豊かな自然を構成していた階層で、テイムモンスターだったり対人戦だったりが主軸で、フィールドそのものの特徴はあまりなかった。

故に十層でも明確にここがその層にあたると言える場所が見当たらないのである。十層における広いフィールド、その繋《つな》ぎの部分を担っているといったところだ。

まだまだ行くところは多い。二人でこれまでとこれからについて話していると、町中ということもあり見覚えのある人物が通りかかって話しかけてきた。

「やあ、攻略は順調かい？」

「様子を見るにちょうど戻ってきたところでしょうか？」

やってきたのはウィルバートとリリィ。【ラピッドファイア】のギルドマスター達だ。

「順調です！　リリィさん達の方は？」

「ほどほどだね。今はここ、三層エリアを攻略中だが……少し手こずっていてね」

カナデが解き明かした三層エリアの秘密にはまだ【ラピッドファイア】も辿り着いていないよう

で、どうやらそのことについて話があるようだった。

「ここ数日、時折空を飛ぶ明らかにオーバースペックな機体があるとウィルバートから話を聞いてね。おそらく二人には心当たりがあると思う」

リリィが言っているのはイズの飛行機械のことだろう。あれは他のプレイヤーが乗るものとは明らかに違う。それもそのはず、クリアしたクエストと手に入れたパーツの数が違うのだから、出力に差ができるのは当然だ。

「何か手がかりを掴《つか》んでいるはず。そう思ってさ」

「相変わらず、いい目をしてますね」

「もちろん無理にとは言いません。その上で、こちらにも交渉材料があります」

【ラピッドファイア】がスムーズに攻略できているのは五層エリアと六層エリア。引き換えにそこの情報を共有し、そこでの戦闘にも協力するとのことだった。

「勿論《もちろん》、自分達で一から解き明かしていくから不要だと言うならそれでもいいさ。その場合は手を引こう」

「なるほど……」

「んー……メイプル、どうしたい？」

サリーはメイプルに問いかける。サリーは自分の考えを持っているが、ここはメイプルに委ねることにした。ギルドマスターに決断してもらうべき場面であるし、メイプル自身が納得のいく後悔のない決断をして欲しかったのだ。

「分かりました！　協力しましょう」

「そう言うと思った。なら事前に色々まとめておいたのが使えるかも」

「本当？　ありがとー！」

サリーはばらばらに探索する【楓の木】のメンバーに共有する為に用意してあった、情報をまとめたものを表示する。

「うん、なら話しやすい場所へ移動しようか。ちょうどそこに店がある」

「はいっ！」

メイプルはギルド間交流にとても積極的だ。【集う聖剣】とは素早い決断で同盟を組み、【炎帝ノ国】の面々と協力して攻略をしたこともある。

元々提案を強く拒絶するタイプでなく、基本的に協力を好むのがメイプルだ。リリィ達もそれが分かって交渉を持ちかけているし、メイプルにとっても交流が活発になり、自分に足りない知識や定石について知る機会を得られるのは悪いことではない。

メイプル達は近くのカフェに入ると、席について話を始める。

「まずはこちらから話そう。その方が安心だろう？」

「ありがとうございます」

そう言うとリリィは二つのエリアについて話し始めた。六層エリアはクロムが攻略中なこともあって知っていることも多かったが、五層エリアは未知の情報ばかりで、メイプルは忘れないように頷《うなず》きながらメモを取って聞く。

「察しているとは思うが五層エリアの本質は空に浮かぶ積乱雲の中だ。雲の真下、地上にある町は拠点にできるし、もう既に開放もされているかもしれない。ただ、空に浮かぶ雲には飛んでも近づくことはできない」

三層エリアの飛行機械は勿論のこと、テイムモンスターやリリィのスキルで生み出した機械に乗っても行けなかったとのことだ。

シロップや【機械神】でも同じ結果になるだろうことは想像に難くない。

「いくつかあの雲の中に通じる魔法陣があるんだ。私達が見つけたものを地図で示そう」

複数のルートは雲の中のどこに着くかに差があるようだ。各魔法陣にはそこを守るモンスターがいてそれぞれ強さが異なるが、強いモンスターの守る魔法陣ほど転移先がいい位置になる。

「五層エリアの目的は単純です。ただひたすら上へ登ること。頂上に向かって、モンスターと戦い様々なギミックを乗り越えることです」

五層エリアはクエスト制ではなく、いわば雲の中が一つの超巨大なダンジョンとなっているようなものだということだ。

「魔法陣を守るモンスターは……まあ【楓の木】なら恐れる相手ではないさ。それに、一度倒せばあとは素通りできる」

「ふんふん……なるほど」

その後もリリィは雲の中の話を続けた。幸い防御貫通が蔓延《はびこ》る世界ではないようで、メイプルが適切に対処すれば進めるダンジョンだ。

「じゃあ、次は三層エリアの話をしますね！」

「ああ、そうしてくれると嬉《うれ》しいね」

メイプルは三層エリアについて、イズから詳しく聞いておいた隠しクエストの糸口について、サリーのまとめを見つつ話していく。

「なるほど。そういう訳か……それなら」

「ええ、そうですね。そこさえ分かれば、クエスト自体はクリアできる難易度だと感じますよ」

「そうだね。分かった、ありがとう。お陰で三層エリアの攻略に取り掛かれそうだ」

「役に立てて何よりです！」

「五層エリアは、同じメンバーで探索しない場合、一番進みが悪いプレイヤーの位置からスタートになる。そこだけ注意しておくといい」

「どうしよっか、サリー」

「んー。全員で行ってもいいけど、他のエリアもあって結局そんなに人を集めてられないから……」

八人で入っても足並みが揃《そろ》わなければ意味がないとくれば、攻略はその中の数人によって行われがちな【楓《かえで》の木】の人数事情と噛《か》み合いは悪い。そうなると全員で突入する意味は薄い。

「とりあえず一度入ってみるかい？　そこまでなら手伝ってもいい」

「本当ですか⁉」

「ああ勿論。ただ、一つ条件があってね」

そう言うと、リリィは条件を二人に伝える。

「そんなことでいいなら……？」

「はい！　大丈夫です！」

「オーケー。なら早速行こう。思い立ったが吉日、善は急げというやつさ」

「私達もギルドホームから転移して向かいます。場所は地図に示した通りなので、雲の下の町から行くのが近いと思いますよ」

【ラピッドファイア】の二人は一旦メイプル達に別れを告げるとギルドホームへと戻っていく。

「手伝ってくれるのは助かるね。これで一気に進むんじゃない？」

「ね！　五層エリアも攻略できちゃうかも！　……でもお礼があんなことでいいのかな？」

「いいんじゃない？　向こうから提案してきた訳だし」

「それもそっか。じゃあ急ごう！」

「そうだね。待たせても悪いし」

メイプル達も後を追ってカフェから出ると飛行機械で町を飛び、ギルドホームへと帰ってそのまま五層エリア真下の町へと転移する。

そうして事前にウィルバートが言っていた地図の場所までやってくると、そこにはリリィとウィルバートが待っており、二人に気がつくとひらひらと手を振って反応する。

「来ました！」

「なら早速行こうか。この洞窟《どうくつ》の中だ。特に道中は何も起こらないし、ボス戦も言った通りにしてくれれば大丈夫さ」

前衛物量押し装備のリリィを先頭にして、四人は山肌に口を開ける洞窟へと入る。

洞窟といっても、数メートル奥へ入ったところですぐに突き当たりに行き着いて、そこには白く輝く魔法陣だけがぽつんと存在していた。

「このためだけの場所だからね。早速行こうか」

四人で揃って魔法陣に乗る。そうして転移した先は真っ白いふわふわとした雲で壁も床も天井も作られているドーム。

その壁から飛び出してきたのは体長五メートル程の白馬。たてがみや尻尾《しっぽ》は雲でできており、青い瞳《ひとみ》が雲間の空のようにきらりと光っていた。

「メイプル、やろうか。準備を頼む」

「分かりました！」

ボスも四人に気づいたようで、大きないななきと共に前足をドンと床に叩《たた》きつけ、周りから雲でできた馬を次々に呼び出す。

リリィの兵士との物量勝負。いや違う。

「【反転再誕】」

そんな甘いものではないのだ。

「【再誕の闇】！」

浮かぶ玉座に乗ったリリィの下でメイプルが闇を広げていく。

「【砂の群れ】【命なき軍団】【玩具《がんぐ》の兵隊】」

リリィの召喚した無数の兵。単体がそれほど強くないが故に許された大量召喚。それが全て闇の中へ沈んでいく。

代わりに出てくるのは一騎当千。数倍では済まないサイズになった黒い異形達だ。

メイプルとリリィの最強の連携。際限なく生成される兵器をメイプルが創り変える。

白い空間に黒が溢《あふ》れる。仔馬《こうま》を踏《ふ》み潰《つぶ》し飲み込んで、異形はボスへ殺到する。

蹴《け》り飛ばし、宙を駆けて、何とか逃れようとする白馬のスペースを奪うように、前の異形を踏み台にして追いついて引き摺《ず》り下ろす。

「うん！　実に爽快《そうかい》だね。はは、一度使う側に回ってみたかったんだ」

「前回のイベントでは、リリィがあちらの立場でしたからね」

「そうとも。私が手に入れられればいいいんだが……メイプル、これはどこで？」

「お、教えられませんっ！」

「賢明な判断だ」

手に入れれば一人でコンボがスタート可能で、あまりにも大きな脅威となる。メイプルがそれを分からないとは思っておらず、本気で聞いたわけではないようで、リリィは満足したように蹂躙《じゅうりん》されゆく白馬を眺めるのだった。

「いや、よかったよかった」

満足した様子のリリィはボスの消失を見届けると、また機会があればやろうと言い残してウィルバートと二人、ボス部屋から出ていった。これならば気軽に手伝うと言ったのも納得できる。短時間で簡単に勝てると分かっていて、楽しく蹂躙できるならついて行き得だったのかもしれない。

「ふー、お陰で助かったね！」

「じゃあ三層エリアが終わったら、次の目的地はここにしようか」

「それがちょうどいいかも」

「カナデとかも召喚スキルは用意できるだろうし、使える時は積極的にさっきの方法を使うのもアリかも」

「すっごい強かったねえ」

無法の異形無限生成。とまではいかずとも似たことは【楓の木】でもできるはずだ。

思いがけず新エリアの攻略が一歩前進したことに、積み重ねてきた交友関係のありがたさを感じながら、二人も一旦《いったん》五層エリアは置いておいて三層エリア攻略を済ませようとボス部屋を後にするのだった。

◆□◆□◆□◆□◆

イズを手伝ってクエストをクリアすること数日。日に日に付属物の増えるイズの飛行機械はいよいよメイプルの【機械神】をも上回る量の兵器が取り付けられた凄《すさ》まじい代物になっていた。メイプル、サリー、イズの三人は最早原型を留めていないその姿を見ながら感嘆のため息をこぼす。

「すごいことになってきましたね」

「そうね。他のエリアにもこのまま持っていけたらいいんだけれど」

「できないんですか？」

「このままっていうのは無理ね」

三層エリアの裏クエスト。そこで得られる破格の強さのパーツはどうやら三層エリアから離れるとその能力が大幅にダウンしてしまうらしいとのことだ。

「三層エリアの特殊なエネルギーが作用して……そんな注意書きがあるのよ。実際に町からある程度離れると弱くなっちゃうわ。んー、メイン要素となるこの場所でならより楽しく使えるというわけね。ただ、それでも十分役に立つとは思うわ」

弱体化するといえども各種属性の遠距離攻撃や移動能力の強化は、本来それらを持たず、フィールドでの戦闘参加や素材採取が難しいイズのような生産職にとって心強いものだ。

飛行機械があれば十層の強力なモンスター達が相手でも戦力となれる。

「やっぱり三層エリアは生産職の人向けのエリアだったのかも」

「そうね。前も色々な面白いアイテムや素材が増えて嬉しかった記憶があるもの」

「で、今日はいよいよですね！」

イズの飛行機械の強化が【機械神】超えまで進んだこと、それは即ち三層エリアのクエストもようやく大詰めまで来たことを示していた。

『魔王の魔力・Ⅱ』が……やっと手に入るクエストまで来られたわ」

「ナンバーがⅡになっているってことはやっぱり二層エリアは明確にはないってことみたいですね」

「確かに……順番になってそうだもんね」

「おーい、来たぞー」

「攻略は順調みたいだな」

「僕が思ったより早かったね。二人とも流石」

「もう三層エリアもここまで来たんですね！」

「今日は頑張りますっ」

今日は三層エリアの最後のクエストの攻略予定日。各エリアへと散っていたメンバーも集まってきて、全員で確実に勝つつもりなのだ。

「そっちのエリアはどうですか？」

「四層エリアは……まあ、なんだ……楽しくやらせてもらっている。攻略は結果的に順調だ」

四層エリアはカスミお気に入りの四層そのものだ。他のエリアと違い他層には似た環境、つまり和風のダンジョンやフィールドはほぼないため、久しぶりの新規実装を相当楽しんでいるようだ。

「六層エリアはマイとユイが来てくれたからな。お陰で進みも良くなった」

「「頑張ってます！」」

モンスターの撃破数が重要なため、マイとユイは適任だった。その分八層エリアはカナデが一人で探索することとなったが、現状問題はないらしい。

「謎解きはほぼ終わっているよ。答えを知りたいなら教えられるし、そうじゃないならヒントだけ聞いて最初から頑張ってみるのもいいかもね」

流石にカナデが一人で戦って勝てるボスは少ない。雑魚との戦闘も極力避けて水中探索を続けた結果、カナデは確かな成果を手にしたらしい。

「じゃあ今度は八層エリアも行かないとだ！」

「ふふ、待ってるよ」

エリアの攻略はそれぞれ順調に進んでいるようで、この調子ならメイプルがゲームを続けていられるうちに『魔王の魔力』を集め切ることもできそうだ。

「俺は詳しく確認はしてないんだが、三層エリアのボスの情報はまだないんだったか」

「ないですね。裏クエストはカナデが見つけ出したのが最初だったので多分一番乗り……そうじゃなかったとしても、正確な情報はまだなかったです」

「となると……まずはいつも通りの入りでいくべきだろうな」

いつも通り。マイとユイにバフをかけてボス前に輸送し連撃。

いくらボスとてこれに耐えられる者はそう多くない。二人の攻撃に耐えられるということはその他大勢のアタッカーにとっては何なら勝てないような相手になるからだ。そんなボスはそう多くは生み出されない。

外れ値であることの強み。バックアップを大量に用意し、対応不可能なパワーで敵を押し潰すのだ。

「クエストはもう受けてあるわ。飛行機械に乗って早速行きましょう」

「一回でさくっとクリアしたいところだね。ふふふ、マイ、ユイ期待してるよ」

「「はいっ！」」

「さ、乗って乗って！　八人だって余裕なのよ！」

イズはそう言うと先に操縦席に乗り込んでガチャガチャとボタンを操作する。

すると、コンパクトなサイズだった機体が音を立てて中央から伸び、まるでリムジンのような胴長の機体となった。

「おお！　こんなこともできるのか」

三層の時よりできることの増えた飛行機械を見てクロムもこれは面白いと興味を引かれたようだ。

「改造を済ませればね。大人数を運べるテイムモンスターに頼らなくてもいいし、結構便利よ」

戦闘中は小回りが利かないため流石にこの形態にはできないが、移動にはもってこいだ。

飛行機械ならハクやシロップの巨大化スキルを温存することもでき都合がいい。

メイプル達がイズに続いて乗り込むと、飛行機械はゆっくりと浮き上がって空を飛んで目的地へ向かっていく。

「一人で事前に向かったから下調べは少しは済んでいるの。入り口すぐのところで倒されちゃって、本当に少しだけだからあまり期待はしないでね？」

戦闘中に大きすぎるダメージを受ければ、飛行機械も壊れてしまう。イズの場合数え切れないくらいの改造を施しているため、それらが全て破損するようなことになれば修理も気が遠くなるほど大変になる。

そのため、メイプル達と共に戦った時にも大活躍した兵器での攻撃は一旦使わずに、従来の爆弾での攻撃で挑んだのだ。

「魔法陣で転移して、その先は……工場？　研究所？　そんな感じだったわ。灰色のつるつるした壁と床で、長い通路が続いているの」

その通路を少し進んだイズを待ち構えていたのは、イズとそう身長も変わらない人型のロボット。頭部には顔のパーツの代わりに液晶が一ついており、そこにデフォルメされた表情が浮かんでいたとのことだ。

「私を見つけると怒った感じの顔になって。アラートが鳴って、奥からすごい数のロボットが出てきて逃げ場のないレーザー攻撃ですぐ倒されちゃったわ」

イズの防御力がそう高くないことは事実だが、それを前提としても威力は中々高いとのことだ。

「でも、今回は防御貫通はなかったわ。装備を切り替えて防御力を変えて何度か確認したから間違いないわよ」

「助かります！」

「とりあえず、心配事は一つ減らせたね」

「うん！」

雑魚モンスターが防御貫通攻撃を持っていることはそう多くないのだが、三層エリアには前例もある。イズの丁寧な確認によって、メイプルの【身捧《ささ》ぐ慈愛】が有効であることが分かったことでやりやすさは段違いとなった。

「奥の方はどうなっているか分からないから、要注意よ」

「分かりました！」

しばらく操縦を続けていたイズが飛行機械を停めたのは荒野の中で、土に埋もれながら地面に広がる灰色の床の中央部分だった。

「最後はここだったかぁ。確かに図書館にそれらしい話があったような……」

「クエストを受けていれば反応があるのよ」

イズを先頭にして歩いていくと地面が反応し、少しの振動と共に床の一部が扉が開くようにスライドして地下へと続く階段が現れる。

「入りましょうか」

「横に三人くらいなら並べるか。とりあえず俺とメイプル、カスミで前を歩こう」

「分かった」

「先に【身捧ぐ慈愛】！」

忘れないうちに【身捧ぐ慈愛】で防御を固めて、万が一の時のために前衛適性の高い二人を並べる。

両側の壁には熱を感じない明かりが等間隔に設置されており、明るさは確保されている。そうしてしばらく長い階段を下りていくと、イズが言っていた無機質な通路へ辿《たど》り着《つ》いた。

「お、ここからは広いな」

「敵は大軍で来たと言っていた。そのためのスペースなのだろう」

【楓《かえで》の木】のメンバーが手を伸ばして横に並んでも余裕がある広い通路。戦う時に武器の取り回しを気にして陣形を組む必要はなさそうだ。

しかし、カスミの言ったようにそれは敵も同じこと。

「メイプル、ノックバックには気をつけてね。ここ広いから」

「そうだね。これだと飛んでいっちゃう」

メイプルは【ヘビーボディ】と【天王の玉座】の発動を意識しつつ奥へと進む。

移動速度の問題、追加で【身捧ぐ慈愛】の効果範囲のこともあり、移動はメイプル中心だ。そうして通路を少し行ったところで、前方に三体のロボットがいるのが見える。正確な表情は窺《うかが》い知《し》ることができないが、顔に取り付けられた液晶パネルには黒の背景に青い光が浮かんでいる。

「あれが赤色になったら見つかった証拠よ」

「ということは、僕らはまだ索敵範囲外ってことだね」

今なら先制攻撃や、アラート後の軍勢に備えるなど、何かしら策を講じる余裕がある。

「どうやって戦う？　マイとユイに鉄球で倒してもらうのもアリかな」

三体がある程度距離を空けて立っているため、三つ以上の鉄球もしくは【ウェポンスロー】での攻撃で一網打尽にする必要がある。

攻撃すれば流石に距離にかかわらずアラートが鳴るだろう。

的は小さいが、練習してきたマイとユイなら当てられないこともない。

「私が守ってあげられるし、一気に突破しちゃう方が楽じゃないかな？」

「ま、それもそうか。そうだね」

慎重に策を講じてより安全に。そんなことをせずとも全てを踏《ふ》み潰《つぶ》せるなら、圧倒的な強者であるなら策など必要ないのだ。

「なら、敵が大量に出てきた上で簡単に倒せる方法がいいな」

マイとユイに倒させる。それも悪くないが、よりオートマチックに、自分達が楽できる方法を模索した結果。

メイプルはちょうど覚えたところのあの戦法で行くことにした。

◆□◆□◆□◆□◆

「お、それ美味そうだな」

「四層エリアで買った和菓子だ。四層にはなかった新商品だ」

「へぇー。八層エリアは新鮮な魚ならいるんだけどなあ」

「六層エリアは……あんまりその辺りは」

「うーん、観光って感じじゃないところが多いですし」

イズの飛行機械をリムジンモードに切り替え、各エリアごとのお土産を取り出して中央のテーブルに並べる。

「イズさん、大丈夫そうですか？」

「ええ。問題ないわ」

「すっすめー！」

ゆっくりと進む機体の操縦席から見えるのは真っ黒な景色。

もちろんそれは暗闇などではなく、【再誕の闇】によって生み出された異形達の山だ。

リリィとの一件もあり、これは強いとメイプルの中でちょうどブームが来ていた攻略法。

バキバキという音と共に消滅し残骸《ざんがい》だけが流れてくるのを見て、問題なさそうだとメイプル、サリーも座席へと戻っていく。

これが新たな効率的ダンジョン探索の形の一つとして、プレイヤー達に広まっていく……。

などということは間違いなく起こらないだろう。


優雅と言っていいものか分からない行軍は続く。メイプルの【身捧ぐ慈愛】に守られた異形達が敵を引き裂き押し潰し続ける。

鳴り響くアラートが聞こえなくなるたび、メイプル達は対峙《たいじ》していたのであろう敵全てが息絶えたことを実感する。

「あ、詰まったわね」

「お？　着いたか？」

目の前では行き場を失ったようにぐにぐにと壁に体を押し付けながら蠢《うごめ》く異形達が、気味の悪い動きを続けている。

「下がってもらいますね！　みんなー！」

メイプルの号令で、異形達はがさがさと動いて後方へと下がっていく。

そうして出てきたのはボス部屋を示す扉。異形の群れはきっちりとメイプル達をボス部屋まで運んでくれた。

「っし、一旦《いったん》降りるか」

「そうね。戦闘中はこの形態だと取り回しも悪いわ」

イズは地面に着陸すると八人を降ろして、飛行機械を戦闘用のコンパクトな形状に戻す。

「ボス部屋に入る時は私達が前に出ておく？　ボスが見えなくなっちゃうしね」

雑魚モンスター程度ならともかくボスの動きが分からないのはまずい部分が多い。

「扉は通れるのか？」

「一体ずつなら通れそうだけどね。入れられる分だけ入れてみようよ。もう一回呼び出すのは難しいしさ」

まずはメイプル達が中に入り、その後すぐに異形を呼び込む。

その作戦で決めてマイとユイにバフを乗せる。今回の軸は二つ。マイユイ一撃必殺ルートと異形の群れルート。どちらでも勝ちきれるだけの出力があるため、メイプルは自信を持って扉を開けた。

中に入ってすぐ、メイプルは行儀良く待っていた異形を呼び込んでいく。ただ、途中でボスがメイプル達に気づいてしまい、五体しか中には入れられなかった。

それならそれで仕方ないと、メイプルは改めて前を向きボスの様子を確認する。

ボスは最初に見た雑魚モンスターと似た特徴を持っていた。顔には液晶パネルが張り付いており、赤い輝きで怒ったような表情が表示されている。真っ白い陶器のような体からは六本の長い腕を伸ばし、足はない代わりに飛行機械のように僅《わず》かに宙に浮いて左右に揺れながら少し動いている。

ゴウンと起動音らしきものが鳴り、ボスの背後の壁に設置されたベルトコンベアが動き出す。

同時にヴンと音が鳴って、ボスの表情と同じ赤い光が部屋中に広がりメイプル達を包み込む。

その光はマイとユイのバフを消し、メイプルの【身捧ぐ慈愛】と異形を消失させる。

持続効果や発動中のスキルの打ち消し。それはこのボスが一定以上の格を持っていることをメイプル達に伝えてきた。

「こいつ……！」

「強いことの証明だ。気を引き締めよう！」

「メイプル、マイをお願い！　クロムさん、ユイの方を！」

【身捧ぐ慈愛】がない今、二人を真っ当な方法で守る必要がある。【楓の木】には大盾使いが二人いる。敵は上手くやったがこちらもまだまだ崩れはしない。

「【救済の残光】！」

打ち消し連打はないだろうと、メイプルはダメージカットと持続回復のバフを展開する。

これでクロムを筆頭に、全員の耐久力は底上げされた。

こちらの準備が進むのと同様に敵も準備を済ませる。背後のベルトコンベアに流れてきたのはボスの体と同じ真っ白な武器。六本の腕を活かして二つを手に取ると、メイプル達に向けてそれを構える。

一つはいくつもの穴が空いた四角い箱。もう一つは誰がどう見てもガトリングガンだ。

ガトリングガンが放たれ、もう片方の箱からは小さなミサイルが煙の尾を引いて連射される。

それを見た瞬間、防御の要である二人が反応した。

「「【挑発】【カバー】！」」

メイプルとクロムが注意を引いて防御する。【悪食】こそ発動してしまうが、今回は火力の心配はないため問題はない。

「大丈夫！　行ってサリー！」

「カスミ！　セットアップ頼んだ！」

二人に託されて、ボスの攻撃とすれ違うようにサリーとカスミが飛び出す。

それに合わせて、ボスは後ろのベルトコンベアからさらに二つの武器を手に取った。

一つは地面に向かって伸びる青く輝く紐《ひも》のようなもの。もう一つは大きなベルだ。

「私が先に入る。安全そうなら飛び込んでくれ」

「分かった」

「【心眼】！」

最初の二つの武器と違って、次の二つは得体が知れない。カスミはミスの許されないサリーより先に、射程内へと飛び込みボスの出方を窺う。

ベルが鳴り、紐を持った手がグンと動く。

【心眼】を使ったカスミの視界には敵の攻撃を示す赤い輝き。空中を滅茶苦茶に横断するものと地面のあちこちが大きな円形に光っているもの。

「【十ノ太刀・金剛】！」

範囲と発生速度から回避は困難だと感じたカスミは、メイプルのダメージカットに自前のものを重ねて攻撃に備える。

青い紐は腕の振りに合わせて伸びると鞭《むち》のようにしなりカスミを強かに打つ。ベルは地面をランダムに指定して短い発光の後爆発させ、カスミを巻き込んでダメージを加速させる。

「カスミ！」

「問題ない」

HPは減っているものの、受けきれない訳ではない。それに一度見たなら次はもっと上手く対処できる。

「【古代兵器】！」

「【紅蓮《ぐれん》波】！」

「ロックオン、発射！」

後方からの支援砲撃。メイプル、カナデ、搭乗したイズも加わってボスに大きなダメージを与えていく。よろめくボスの隙を突いて、サリーとカスミは足元まで飛び込むと一気に攻撃を加える。

「【クインタプルスラッシュ】！」

「【武者の腕】【四ノ太刀・旋風】！」

二人の連撃がボスの体に深い傷を作る。二人の攻撃力も一線級、無視できるダメージではない。再度ベルが鳴り、鞭が振るわれる。それでも、カスミは【心眼】と一度目の経験を活かして、サリーは持ち前の回避能力で鞭と爆発を回避する。

【挑発】によって注意を引くメイプルとクロム。それぞれ高威力の攻撃を続ける四人。ただ何もせず守られるだけの二人はこうしてボスの狙いから外れていく。

本当に危険なのは何か、プレイヤーでもなければ気づけはしない。

攻撃を受け止めながらゆっくりと前進するメイプルとクロム。

これまで何度もこのメンバーで戦ってきた。既に全員が主要なスキルの射程を把握している。

メイプルとクロムからのアイコンタクト。意味など聞かずとも二人には正確に伝わった。

メイプルの陰からマイが飛び出す。構えるのは八本の大槌《おおつち》。数えきれないほどのモンスター、強力なボスを叩《たた》き潰してきた最強の矛。

「【ウェポンスロー】！」

放たれた死を招く八つの塊の着弾を前にしてボスも抗う。空いた二つの手で、ベルトコンベアから二つのシールドを持ってくると目の前に六角形をいくつも繋ぎ合わせた青く透き通る障壁が展開される。

直後、マイの大槌の着弾が轟音《ごうおん》と共に障壁を破壊する。それでも障壁の効果は凄《すさ》まじく、ダメージを受けることなく防ぎ切ったのだ。

しかし。

死をもたらす者。破壊の化身は二人いる。

「【ウェポンスロー】！」

敵を高く評価しているからこそ、マイとユイは攻撃のタイミングをずらした。

障壁のない一瞬を突いて、ユイの大槌がボスに突き刺さる。

本来全損してもおかしくないＨＰバーは、大きく減少はしたものの未だなお健在で、一定値以上のダメージを受けないことをメイプル達に伝えてくる。

だが、そんなことはもう想定済みだ。驚くことも狼狽《うろた》えることもなく、【楓《かえで》の木】は詰めにかかる。

「乗って！」

「オーケー！」

「二人とも、こっちっ！」

カナデを屋根に乗せたイズの飛行機械が地面スレスレを飛んでくる。減速に合わせてメイプル達四人が飛び乗ると、イズはそのままボスに向かって再加速する。

「【クイックチェンジ】！」

「【ヒール】！」

「ネクロ【死の重み】だ」

メイプルは白装備に変更。カナデが即座に回復し必要な分のＨＰを確保。クロムは敵の移動を阻害し逃走を許さない。

マイとユイも慣れた手つきで装備を解除し再装備することで投げた武器を手元に戻した。

準備完了。ボスは壊れて役に立たなくなったシールドを大砲と剣に持ち替えて迎撃を試みるがもう遅い。

「【イージス】！」

敵が強くなり多彩な攻撃をしてくるようになればなるほど【イージス】が持つ確実性は作戦に組み込みやすい。

一定時間攻撃を無効化する。それはほんの僅かな間ではあるものの絶対的な防御だ。

そしてバーストダメージなら【楓の木】は他の追随を許さない。

既にボスに張りついているカスミとサリーに合流して、飛行機械から飛び降りたマイとユイが武器を振りかぶる。

「「【ダブルインパクト】！」」

一方的に攻撃を無効化されたところに叩き込まれる攻撃。ボスが勝つためにはもう一度スキルを打ち消すくらいのことができなければならなかったのだった。

ボスが爆散しそこに残骸《ざんがい》が残るのみとなって、クエストはクリアされ、メイプル達の求めていたアイテムがようやく手に入る。

「ちゃんと手に入ったわ。『魔王の魔力・Ⅱ』！」

「おお、これで二つ目か！」

「順調だな。このペースなら二人がいるうちに間に合いそうだ」

「残りも急いで集めないとね。戦うなら全力は出すけど……ほら、一回で魔王に勝てるとも言いきれない訳だし」

戦う際に『魔王の魔力』は消費してしまう。一度撤退を余儀なくされれば、『魔王の魔力』は集め直しだ。一度挑んで敗北し、再挑戦できずに終わりでは悔いが残る。クエストは余裕を持って進める必要があるだろう。

「魔王……ですもんね」

「相当強いはずです！」

「皆と一緒なら勝てると思ってるよ！」

「そうだね。私も信じてる。まずは、急いで挑戦権を手に入れよう」

「うんっ！」

また一歩前進。手に入れた『魔王の魔力』を満足そうに眺めて、メイプル達は三層エリアの攻略を終えたのだった。

四章　防御特化と悲願。

メイプル達は無事三層エリアを突破して、それぞれが各エリアに散っていく。

全員が必ず再集結するのは、また『魔王の魔力』を手に入れるための戦いの時だろう。

無事に攻略を済ませ、次にメイプルとサリーが目をつけたのは五層エリアだ。

ギルドメンバーが手をつけておらず、丁度リリィ達にきっかけももらったところ。他のエリアとの進行度を揃えておくことで、効率よく『魔王の魔力』も集められるだろう。


五層エリアはパーティー内で最も進みの悪いプレイヤーに合わせてエリア攻略が進む。故に足並みを揃えることが重要になるため、次回の攻略日を決めてメイプルと二人乗り込む予定なのだ。

今日のサリーはそれまでの空いた時間を使って、いつもの二人と決闘を続けていた。

「今日はなかなか調子いいっす！」

「そうだねー。もっと当たってくれてもいいのにー」

サリーとだけではなく、同じタイミングで来ている時はベルベットとフレデリカのマッチも行われる。相性差があるため十回やれば七回はベルベットが勝つといったところだが、ベルベットが接近戦に持ち込んで上回るか、フレデリカが弾幕で圧倒するかはその日の調子によって変わってくる。

調子によって変わらないのは一つだけ。サリーが必ず勝つということだ。

今日も一通り戦い終え、訓練所で一息つくとやがて感想を口にし始める。

「フレデリカはさ、【マナの海】使わないの？」

「んー、使わなーい」

「そういえばそうっすね。あれを使われたらもっと厳しいと思うっす」

前回のイベントで一度だけ見たフレデリカの奥の手。文字通り多重魔法以上の弾幕、数え切れないほどの魔法陣を展開し攻撃する超多重魔法を使えば、ベルベットにももっと勝つことができ、ともすればサリーにも勝ちうる。それほどの出力があるのに使わないでいるのには訳があるはずだと、二人はフレデリカの方を見る。

「ベルベットはまだしも……サリーはちょっと見せたらすぐ合わせてくるでしょー？　まだちゃんと戦うチャンスがあるんだしー、その時までとっておかないと」

節目となる十層に合わせて開催されるイベント。そこでは対人戦も予定されている。

それがどんな形になるかはまだ不明瞭《ふめいりょう》な部分が多いが、チャンスがあるというならフレデリカはサリーとの戦いに挑むだろう。

「勝ち逃げはさせないんだからねー」

「負けないよ。今は絶対に」

「うっ……どうかなー、そのために超多重魔法は残してある訳だしねー」

自信あり気にプレッシャーを放つサリーに、少し気圧されながらも対抗するフレデリカ。

それを見ながらベルベットは今日の決闘を一人振り返る。

フレデリカは良くも悪くもいつも通り。既に戦術はある程度把握しており、【マナの海】を使ってこない限り相性や関係は覆らない。

それに比べてサリーには変化があった。初めて決闘をした時ですらそのプレイヤースキルには驚かされたが、今はその頃は手を抜いていたのかと感じられるほど、サリーの動きは正確で隙のないものになっていた。

雷の雨を避けるのは当たり前で、目眩《めくらま》しからの奇襲や新たな仕掛けを使っての攻撃も捌《さば》きききる。

端的に言えば、仕上がっている。一体何と戦うつもりなのかというほど完璧《かんぺき》に。

「……」

いや、ベルベットはサリーが誰と戦うつもりなのかを知っている。ただ、その相手がこのサリーに対処できる光景は思い浮かばないのだ。

いい勝負になる、そんな未来はあるだろうか。

止まることを知らないサリーの上達、研ぎ澄まされていく技術に思いを馳《は》せていると、ふとサリーと目が合った。

「全力でやらないと意味がないから」

「……そうっすね」

表情に出ていただろうかと、ベルベットは首を軽く振っていつも通りを意識する。

手を抜くつもりは欠片もないというなら、戦う相手が、メイプルがこの領域まで来るしかない。

それが難しいことだとしても、そうでなければサリーの悲願は成就しえない。

「迷う理由も分かるっす」

「……そう、ありがとう」

「？」

何はともあれ時は過ぎる。多くのプレイヤーがそれぞれの理由を持って待つ対人戦はいずれ必ずやってくるのである。

421名前：名無しの弓使い
十層の攻略順はプレイヤーによって変わってくるの面白いな
有利に立ち回れる雑魚が多いエリアとそうでないエリアの差がな

422名前：名無しの槍《やり》使い

そっちはどこから攻略してる？

４２３名前：名無しの弓使い
一層エリアは終わって今八層エリア
俺達のギルドは面倒そうなところから潰《つぶ》そうと思って……

４２４名前：名無しの大盾使い
謎解きがあるとかって聞いたけど

４２５名前：名無しの弓使い
そう！
難しいんだこれが……
攻略情報も絶妙に少ないし

４２６名前：名無しの大剣使い
俺のギルドみたいに一層から進めていくと八層エリアは最後になるから少ないのかもな

427名前：名無しの大盾使い
うちは順調に進んでいるとは聞いている

428名前：名無しの弓使い
タスケテクダサイ……

429名前：名無しの魔法使い
結構なんでも上手く攻略してくよな
人数めちゃくちゃ少ないのに

430名前：名無しの大盾使い
皆一芸特化だからなあ
ハマった時の爆発力は高いぞ

431名前：名無しの魔法使い
ハマっている場面多くないですか？

４３２名前：名無しの槍使い
特化先が一つで済んでいるかは怪しい

４３３名前：名無しの大盾使い
それはそう
まー困ったら声かけてくれれば情報提供くらいはできる
攻略した所に限るがな！

４３４名前：名無しの弓使い
十分過ぎる
ありがてえ……

４３５名前：名無しの魔法使い
やっぱ隠しスキル探しはしばらく先だなあ
今はクエストに集中したい

４３６名前：名無しの大剣使い

偶然の発見に期待しておこうぜ

437名前：名無しの槍使い
それで見つかるんならきっと今頃俺の槍は七つに分裂しながら火と氷を放ってる

438名前：名無しの魔法使い
分かる
でも狙いようもないもんな

439名前：名無しの大盾使い
俺もそろそろ何か見つけてぇ
差が開いていく

440名前：名無しの弓使い
自分に適合するかどうかもあるしなあ
俺の魔法が強くなってもいまいち噛《か》み合わない

441名前：名無しの魔法使い
LUKのステータスどこ

442名前：名無しの弓使い
ないよ
ないはずだよ

443名前：名無しの槍使い
ないはずなんだよなあ

444名前：名無しの大剣使い
風水始めるしかねえ！
スキル運上昇の陣を作ろう！

445名前：名無しの魔法使い
まずは朝の占いからいくか

446名前：名無しの弓使い
まずは無課金運気ＵＰチャレンジから
かしこい

メイプルとサリーは二人足並みを合わせて、以前リリィ達と悪逆の限りを尽くして蹂躙《じゅうりん》した、雲の中へ続くボス部屋にやってきていた。

一度倒してしまえばあとは素通りできる。リリィの言った通りボスはもうそこにはいなかった。

「ふー、いよいよだね！」

「うん。上に上にって話だから、ガンガン上っていっちゃおう」

「おー！」

二人は奥に出現している魔法陣へと一直線に向かう。行く先は雲の中。立ちはだかる敵を倒し、頂点を目指して進む巨大なダンジョンの入り口だ。

飛び乗るとすぐに光に包まれて、次に周りが見えるようになった時には、既にそこは一面真っ白な雲でできた迷宮の中だった。

「雲の中も久しぶりかも」

「五層に行かないと普通こんな所はないもんね」

地面がふわふわと沈み込むのも五層と同じ。足を取られないように注意しつつ、歩き回って周りを確認する。

二人が転移してきたのは広い空間。そこからは五本の道が伸びており、どれか一つを進むしか選択肢はないようだ。

「どれにする？」

「上に行くって聞いてるから……上り坂の方がいいよね」

「確かに。じゃあ最初は素直に上に向かってそうな道にしよう」

「うん！」

二人は通路の入り口に立って奥を覗《のぞ》き込むと、五本の道の中でも最も険しい道を選択した。

一部突き出た雲が足場にはなっているものの、垂直の壁をよじ登るように進まなければならないが、そこは二人の攻略順が功を奏した。

「飛んでいくよ。操作は大丈夫？」

「だいじょーぶ！」

先に三層エリアをクリアしてから来たことによって、高低差はたいした障害にはならない。

用意された足場をスルーして、二人は空を飛んで先へと進む。

「あっ！　サリー、モンスターだよ」

「そうだね。んー……遠距離攻撃はなさそうだけど」

空中で止まって通路の先を注視すると、背景の白い雲に同化してしまいそうな、真っ白な鎧《よろい》を着た兵士らしきモンスターが複数体歩き回っているのが分かる。

持っているのは同色の槍《やり》や剣で、パッと見た限りでは魔法使いや弓使いはいない。よく見るとその装備は床や壁と同じく雲でできている。

おそらく今後も出会うモンスターになるだろうと少し観察していると、それらは足元の雲に沈み込んで消えたり、再出現したりを繰り返しているようだった。

「潜って待ち伏せしてるんだ」

「何もいなそうに見えても注意しないとね」

「飛んでたら大丈夫かな？」

「地面よりは安全だと思う。今回もまず先制攻撃で様子を見たいな」

「分かった！」

メイプルはもうすっかり慣れた手つきで展開した兵器を構え、赤いレーザーを地面に向かって放つ。雲の床を覆うように拡散していくレーザーが、雲の兵士にダメージを与えていく。

しかし、体力が高いのか防御力が高いのか兵士には想定よりもダメージが入らず、攻撃によってメイプル達を認識したようで二人の方を向き武器を構えた。

「っと……！」

二人の見ている中、兵士は空中に雲の道を作るとそれを素早く駆け上がってくる。

プレイヤーが飛行機械を使えることも想定されているため、飛んでいるからといって一方的には攻撃させてもらえないようだ。

「止めるから援護お願い」

「分かった！」

サリーが加速し前に出たことで兵士が引きつけられる。メイプルはさらに銃を次々に生成し、弾幕によって兵士にダメージを与え続ける。

サリーはメイプルの弾丸を回避し、兵士への攻撃を阻害しないように戦闘に入った。

目の前には槍使いが一体、ロングソードが二体。現状敵に特別おかしな動きはないが、接近しながらも攻撃より回避に集中する。

「……！」

回避に意識を向けていたことが活きて、サリーは敵の攻撃を躱《かわ》した。雲の剣と槍は、射程外と思われた距離から突きの勢いに合わせてぐんと伸びて、そのまま後ろのメイプルをも越えて壁に突き刺さる。

「いい武器持ってるね」

伸ばしたかと思えば、元の長さで千切れて攻撃の後には隙もない。

それでも最初の一発、まだサリーが性能を把握していない初撃を外した。この事実は重かった。

射程が伸びるといえども軌道は変わらない。多少速いだけの単純な突きや薙《な》ぎ払《はら》いでは、背後からのメイプルの弾幕すら避けているサリーには届かない。

「効きは悪いけど……【水纏】！　朧《おぼろ》、【火童子】！」

スキルを使って、【追刃】を含めサリーの攻撃に付随する追撃は三種類。

一度ダガーで斬りつければ水と炎が散り、通常の四倍の攻撃が敵を攻め立てる。

メイプルの銃弾は高威力で強力だが、レベルアップのステータス増加に合わせてダメージが伸びることはない。

だからこそ【VIT】以外のステータスは低いメイプルが強く扱えてもいるのだが、新たな層が実装されるたびそこにいるモンスターは、プレイヤーに対抗するためそれまでより強いものになる。モンスターの防御力が上がったことで、一定の威力の兵器との差は詰まることとなり、どうしても以前程高火力とは言えなくなった。

それに対して、サリーの攻撃は【STR】に振った分強くなる。

【AGI】だけでなく【STR】も伸ばし、【剣ノ舞】でさらにダメージを底上げしているサリーの連撃は、十層のモンスターにも深い傷をつける威力を誇っていたのだ。

すり抜けるようにモンスターの間を抜け、そのたびに大きくダメージエフェクトが散る。

何とか生き残れそうなところにはとどめを刺すように銃弾の雨。

威力は物足りなくなりつつある。とは言っても放置していては無事では済まないのもまた事実。

振り回される雲の武器をいなして、二人が敵を霧散させるまでにそう時間はかからなかった。

しばらく待ってみても雲の床から追加のモンスターが湧き出てこないことを確認して、二人は一《いっ》旦《たん》着陸する。

「ナーイス援護射撃」

「サリーもさっすがー！」

「雑魚モンスターは何とかできそうだね。足場を作ってきたり武器が伸びてきたりしたのはびっくりしたけど」

「ねー。あんな武器あったらサリーは上手く使えそうだよね」

「新しいユニークシリーズのお陰で似たようなことはできるようになったけど、流石にあそこまでは伸びないなあ。でも、一回イズさんに聞いてみるのもありかも。三層エリアでも新しい素材とかあったみたいだし」

「今度聞いてみよっか！」

「そうだね。メイプルも新しい装備とか作ってもらってもいいかも。ほら、最終決戦の前は一番いい装備にしておかないとね？」

「装備かあ、また今度イズさんに聞いてみようかな」

メイプルは既に強力な装備を複数持っており、その上でスキルスロットの都合もあってユニークシリーズで戦うのが基本だ。もう装備は十分揃《そろ》っているといってもいい。それでも装飾品などは場面に合わせて変えられた方がいいのは確かだ。

「ＨＰを増やしてもいいし、他の状態異常に耐性を付けられるようにしておくのもよし」

「魔王とかすごいことしてきそうだもんね」

「そういうこと」

メイプルは毒と麻痺《まひ》には強いが、睡眠やスタンは未だ弾けない。いくつかのスキルで耐性は強化できるが、盤石にするならサリーの言うように装備を整えておくのがベストである。

今はもうゴールドや素材で困るような懐事情でもない。最後はきっちり勝って終わるために、今のうちにできることはやっておこうとメイプルは意識を改めるのだった。

◆□◆□◆□◆□◆

飛行機械を手に入れてから来たことで、地形で手間取ることがなく雲の中を進んでいく。そうしてしばらく進むと、目の前に飛ぶ必要のない地形が現れた。

天井が低く床も平らで、その先は二人が並んで歩くのがやっとの細い通路になっている。一面が白であるが故分かりにくいものの、左右に分岐した道があるようだ。

「迷路みたいになってそうだね」

「じゃあ一つずつ見ていくしかないかな？　あ、壁に手をついて歩くといいんだっけ？」

「敵も出てくるだろうから出会い頭にぶつからないよう、曲がり角に注意していこう。さっきみたいに床から出てこられると直前まで気配もないし」

「分かった」

大盾を構えたメイプルを前にして、雲の迷路へと足を踏み入れる。

「飛んでいけたら簡単なのにー」

「残念、天井はどこも塞《ふさ》がってるか」

「ねー」

「まあ飛行機械がなくても飛べる人多いし、屋根はつけておかないと」

ここは真っ当に迷路を攻略するしかないだろう。二人は奇襲に警戒しつつ歩を進める。

いくつかの行き止まりで引き返して、どこまで来たかも分からなくなりそうな雲の中を進んでいると、先頭を行くメイプルは足元が少し柔らかくなったことに気づいた。

「……？」

「どうかした？」

「床が柔らかくなったよう……なぁっ!?」

「メイプル！」

一歩踏み出したメイプルがずぶっと床に沈み込んだ瞬間、サリーは糸を伸ばしてメイプルを繋《つな》ぎ止める。

腹部まで床に埋まったメイプルだが、サリーの糸のお陰でとりあえずそれ以上の沈下を免れた。

「ゆっくり落ち着いて、飛行機械で上がってきて」

「うん……ふー、びっくりしたあ」

メイプルは飛行機械によって上昇しすぽっと床から抜けると、はまっていた場所を二人で覗き込む。

「「うわっ……」」

見えた光景に二人が思わずそうこぼすのも無理はない。穴の先には遥《はる》か向こうの地上が見えていた。落ちれば地面まで一直線ということだろう。

「私だったら落ちても大丈夫かな？」

「んー……ここって空を飛んでも辿《たど》り着《つ》けないっていう話だったし、単純に落下ダメージじゃなくて、ちょっと落ちたところで強制死亡みたいなこともありそう」

「そっかぁ……」

「飛行機械でさっと止まれるように意識しておいて。猶予はありそうだから」

「分かった！」

「さてと、床が抜けるって分かったし、飛んでいきたいところではあるけど……」

一度強化を済ませて延ばしてはあるが、連続での飛行は時間に限りがある。

本当に必要になったタイミングでちょうど飛べなくなるという最悪のケースは避けたいところだ。

「じゃあ盾に乗っていくのはどう？」

「ん、いいね！　久しぶりにそれでいこう」

「おっけー！　準備するね！」

メイプルは装飾品を付け替えると、宙に浮かぶ二つの手に盾を持たせ地面と平行にセットする。

不気味な手についてはマイとユイが四六時中振り回していたため、サリーももう慣れたものだ。

「どうぞどうぞ」

「操縦よろしく」

「まっかせて！」

地面に罠《わな》がある時のメイプルの対処法の一つ。今回は浮いた盾に乗って、二人は改めて迷路の奥へと飛んでいく。

すると、角を曲がったところで地面から這《は》い出るように先程の槍持ちの兵士が現れ、今度は向こうから先制攻撃を仕掛けてきた。

雲の槍は銃弾にも負けない速度で真っ直ぐに通路を伸びてきて、メイプルの額に直撃する。

それは一瞬でメイプルのＨＰを全損させ、【不屈の守護者】が発動する。予想はしていなかったダメージに、メイプルが硬直する中、サリーはぐっとメイプルの体を引いて敵の追撃を拒否する。

「……っ！」

「メイプル、バック！　【氷柱】！」

曲がり角だったことは幸運だった。【氷柱】で射線を切ると、敵が再度攻撃を仕掛けるより早く浮かんだ盾を操作して、二人は来た道を戻っていく。

「びっくりしたあ……すっごい強いんだね」

「確かに高威力ではあったけど……んー、ちょうどいいタイミングだったかも」

「……？」

「いよいよメイプルのＨＰが足りなくなってきたのかなって」

「なるほど。そっか、変わってないもんね」

メイプルはユニークシリーズによって防御力は際限なく増加し続ける。ただ、ＨＰは装飾品で多少盛っただけ。必要な時は空いた頭の装備に大天使装備のティアラを乗せるか、【クイックチェンジ】かで対応してきた。

「皆メイプルのＨＰが低い点を突こうとすると思ったから、どこかで裏をかけるようにあえてその一手は取っておいたけどもう戦うこともそうないだろうし」

「うんうん」

メイプルのＨＰが認識外に増えていれば計算もずれる。それを活かせるのは対人戦の場だが、それはもうあと一度あるかないかだ。

今なら装備を整えてＨＰを増やしても、気づかれた時はそれが最後の戦いになるだろう。

「イズさんに目立たないやつを作ってもらおうか。思わぬところで【不屈の守護者】が発動しないようにＨＰを増やしちゃおう」

「じゃあ戻ろっか」

「そうしよう。攻略は【不屈の守護者】が回復してからで」

「はーい！」

状況が悪い時は無理せず慎重に。流石十層、強力なプレイヤーにも一矢報いることができる力を持った手強いモンスターも少なくないのだと、ここは相手を立てておいて一度撤退とするのだった。

五章　防御特化と四層エリア。

二人にしては珍しく強い敵に出会ったことで撤退してきた後、向かったのは頼れる生産職イズのところだ。

「イズさーん！」

「助けてください」

工房の扉を開くと二人に呼ばれて既に待っていたイズが振り返る。

「今は五層エリア……だったかしら？　何かあったようね」

二人が事情を話すと、イズはすぐに自分に求められていることを理解した。

「ＨＰ特化の装備品ね。今度はＨＰコスト用じゃなく普段使いのもの」

「そういうことです」

「勿論《もちろん》用意できるわ。ユニークシリーズやレア装備と違って特別なスキルはないけれど、強化した後のステータスの伸びなら負けないもの」

「お願いできますか……？」

「ええ。早い方がいいものね。急いで取りかかるわ。余っている素材を見せてもらえるかしら？」

いい素材があればそれを材料に最高のものを用意すると言うイズ。二人はすぐさまインベントリを見せ、これまでの冒険で手に入れてきた多種多様な素材からイズに選んでもらうことにした。

「うんうん！　あちこち冒険して強いモンスターを倒しているだけあるわね。これなら数日もらえれば用意できると思うわ」

「本当ですか⁉」

「助かります」

「どんどん頼ってくれていいわよ。アイテムはともかく、装備は皆必要としないことが多くて……腕が鳴るわ！」

「ユニークシリーズ使っている人多いですしね。そうでなくても既に最高品質なものを用意してもらっているので」

「大事にしてもらえているのは嬉《うれ》しいわ。でも新しい装備も作りたくなるものなのよ」

「「ありがとうございます！」」

イズが快く引き受けてくれたことで、メイプルのＨＰ問題にはさっそく解決の兆しが見えた。

装備ができるまでは五層エリアに行くのは止めておいた方が賢明だろう。

「数日は安全に観光して過ごすのがいいかも。他にも似たようなモンスターはいてもおかしくないし」

「そうだね。せっかくイズさんが作ってくれてるんだし！」

勿論、【不屈の守護者】や早めの【暴虐】など取れる手はあるが、出来上がる前に倒されてしまいましたでは悔やんでも悔やみきれない。

メイプルとしてもここは無理はせず町でおとなしくイズの装備の完成を待つことにしたのだった。

装備を待っている間、レベル上げをするのも選択肢の一つではあった。ただ、念のため戦闘を避ける意味も込めて、まだ行っていないエリアの拠点を見に行くことにした二人は四層エリアの町にやってきていた。

「わぁ……外から見るのとじゃ、本当に違うんだね」

「結界みたいな感じなのかな？」

ギルドホームから出た二人が見上げた空は、星が輝く綺麗《きれい》な夜空だった。

十層は常夜という訳ではない。そのため、遠くから見ている分には通常のフィールドに桜の木が並んでいるように見えていた。

ただ、ひとたび四層エリア内へと入ると景観は一変する。外から見えていたのは仮初の姿。まるで別世界のように物怪が闊歩《かつぽ》する夜の和風の町並みが二人を出迎えた。

「やっぱりすごいねー」

「綺麗だよね。このゲームではここと四層そのものだけだし」

久しぶりの和風エリアを堪能していると、待ち合わせ相手のカスミがやってきた。

「聞いたぞ、二人が撤退とは珍しいな」

「万全の態勢で挑んだ方がいいと思ってさ」

「そうだな。毎回【ピアースガード】を使うわけにもいかないだろう。一区切り付ける十層なだけあって貫通攻撃だけじゃない。バフ消去やデバフも以前より見るようになった」

「カスミのほうは攻略は順調？」

「ああ、順調だ。四層エリアということもあって楽しく進められている」

「ここも普通にクエストを進めていくのとはちょっと違うんだっけ？」

「そうなるな。クエスト自体は発生するが、クリアすると即、次のクエストに繋《つな》がるというのは稀《まれ》なケースになる」

「へえー……じゃあどうするの？」

「クエストクリアや特定エリアへの到達……そういった色々な条件を達成することで、あるポイントが貯まるんだ。それを貯めきることが最終目標になっていると思う」

一度探索した場所でもポイントの量に到達エリアの数や種類、持っているアイテムやゴールドなど、条件の変化がクエストを誘発する。

そのため、探索はかなりの手間を要するものとなっていた。

ただ、それはカスミにとっては苦ではないようで、隅から隅まで探索し、攻略の進行度によってＮＰＣの反応が変わったりすることを含め、この和の町並みを楽しんでいた。

「話は聞いていたからな。観光ついでに二人にはこの町の攻略を手伝ってもらいたい。ちょうど町の中だけで終わらせられるクエストがいくつかあるんだ」

「任せてください！」

「私達が行くことで別のクエストが見つかったりする可能性もあるよね。ほら、イズさんにも色々な素材を持ってるって言われたところだし」

「それにも期待している。どうしても一人だと見つからないものもあるだろうからな」

「頑張ってきます！」

「ああ、頼んだぞ」

パーティーを組んでおけば受注者のクエスト達成に貢献できる。今は可能な限り戦闘を避けたい二人は、町から出ないでできる手助けを探していたのだ。

「今回のクエストは簡単だがちょっと面白いんだ。二人には買い物をしてもらう予定でな……見てもらった方が早いだろう」

まずは一度見本を見せようと、カスミはマップを確認して少し行った先の店へと入っていく。

「おじゃましまーす……」

「骨董《こっとう》品店……かな？」

カスミに続いて店の中に入った二人の目に飛び込んできたのは、並べられた陶器や飾られた武器。通常のＮＰＣショップとは雰囲気が異なる店内を見渡していると、カスミは並んだ物品を一通り見ると最後に一つの陶器を手に取った。

「ふむ……」

「これを買うの？」

メイプルもその陶器を確認するが、効果等の説明欄は全て空白、アイテム名も『貴重な陶器』となっているのみで、どういったものかは分からない。

「そうだな。今回はこれだ」

そう言うとカスミはＮＰＣの店主とやりとりをし、二人の見ている中、上手く値切って納得いく値段でそれを手に入れたようだ。

「二人とも見てくれ」

アイテムがインベントリに入ると同時に本当のアイテム名が判明し、『貴重な陶器』は『鬼灯』という固有名に変わった。

「おー、つまりこれが狙いの真作とかそういうこと？」

「流石サリー、理解が早いな。そう、今回のクエストはこの町にあるいくつもの骨董品店から、必要な数の真作を見つけて買ってくることだ」

「む、難しそう……」

「私が一人でやってもいいんだが、いかんせん数が多くてな。それに二人にとってもちょうどいい息抜きになると思ってな」

「確かに。メイプルの言う通り難しそうではあるけど……十層では戦闘続きだったしね」

息抜きに頭を使ってのクエスト攻略も悪くない。ただ、二人が感じているようにどうやって真贋《しんがん》を見分ければいいのか分からなければ困難を極めるだろう。

「私が自分用にまとめておいたメモがある。本物の特徴をそれぞれ真作の種別ごとに記載したものだ。もちろんまだ完璧《かんぺき》でない部分もあるだろうが、これを見れば少しはやりやすくなるはずだ」

「なるほど。それなら」

「うん、やってみよう！」

「必要なゴールドは渡しておこう。気にしないでいい。クエスト受注時に配られたもので、これはクエストでしか使えないんだ」

「無駄遣いできないね、サリー……」

「勿論偽物を買ってもゴールドは減る。ふふ、しっかり見極める必要がある」

そう言うとカスミは二人にメモを共有する。足りなくなれば自腹だということだろう。そう何度もミスを繰り返すわけにはいかないと、二人はカスミのメモを確かめる。

「任せて……ええ？」

「すっごい多いっ！」

送られてきたメモのページ数を見て二人は目を丸くする。カスミはこれを全て覚えて、当然のように今の買い物をしたのだと思うと、見分ける箇所の多さにくらくらしそうだ。

「これ全部買って見分けたってこと？」

「いや、他の町にもあるような図書館の力を借りた。攻略のヒントとして、見分け方が書かれた本があったんだ。カナデのお陰で図書館の有用性は証明されていたからな」

「が、頑張らないと！」

「そうだね。息抜きとはいえ、ミス続きは良くないし」

「二人の活躍に期待しておこう。目的の店は町に点在している。人力車を使うと楽に回れるぞ」

「ちょうどいいね。移動中にメモに目を通しておきたい」

「うん！　今のままじゃ何も分からないもんね」

カスミと一旦《いったん》別れて、二人の四層エリア骨董品店巡りが始まったのだった。


店を出て二人は近くで人力車を確保すると、石畳の道の上を心地よい振動を感じながら移動する。飛行機械でも移動はできたが、今回はまずカスミのメモを見たかった。

「こ、こんなに……見分けられるかなあ」

「ページごとに刀なら刀、壺《つぼ》なら壺って分かれてるからメイプルは前から確認していって。私は後ろから見ていくから」

「それなら半分でいいもんね！」

「前半のものは頼んだよー？」

「分かった！　後半は任せた！」

「ふふ、オッケー。任せておいて」

丁寧に画像もついているため、メイプル達でもどこに注目すればいいか把握しやすい。

そうしてメモを確認していると、人力車は目的地に着いたようで、二人は料金を払って降りると目の前の店の戸を開いた。

「わっ……」

「おおー、中々多いね」

先程の店以上に並んだ骨董品の数々、この中にクエストに必要な品はあるかもしれないし、ないかもしれない。

見分けられないからと全てを買ったとしても、成果を挙げられないことはあるのだ。

だからこそ、メモと照らし合わせてしっかりと必要なものを見極める必要がある。

「とりあえず私は武器系から見ようかな。一番頭にも入ってきたし」

「あはは、サリーらしいかも」

「メイプルは？」

「壺とかの方から見ようかな？」

カスミのメモをそれぞれ分担して確認した中で、一番自信を持って答えられる分類から見ることにして商品が置いてある棚の方へ向かう。

「二、三個当たりがある場合もあるらしいから注意深くいこう」

「うん！」

二人はそれぞれ確認用にメモを開きつつ、目の前の実物と照らし合わせていく。

メイプルは並んだ大きな壺の前に立って、一つ一つじっとメモと見比べる。

「えーっと……これは……模様がない。こっちは……あ、色がちょっと違うのかな？」

参考にできるものがあるお陰で、一か八か勘でそれっぽく感じるものを選ぶなどという博打をしなくて済む。

しばらくじっと壺を見て、どうやらここには求めているものはないと結論づけたメイプルはそのまま隣の茶器へと移っていく。

「ふんふん……色と形と大きさと……」

メモの内容を呟《つぶや》きながら、見逃すことがないように目を皿のようにして茶器を確認していたメイプルは一つの茶入の前で立ち止まった。

「これ……うん、うんうん！　サリー！」

「お、あった？」

「どうかな……？」

まだ購入前なら間違っていても引き返せると、二人でメモを確認しながら慎重に特徴を確認する。

「合って……そうだね」

「やっぱり？」

「うん」

「じゃあこれは買っちゃおう」

「私の方も一つ気になるものがあってさ」

「え！　どれどれ、見に行く！」

「こっちこっち」

サリーが案内したのは一本の槍《やり》の前だった。こちらも二人でじっくりと見た目を確認して、買っていいものか判断を下す。

「大丈夫そうな気がする」

「メイプルも？」

「うんっ！」

「よし。なら、これも買っていこう。三個目もあるかなあ」

「全部見てみよう！」

「急いでいるわけでもないし、最初だしね」

見逃しがないかどうか一通り骨董品を見て回った二人は、メモと一致している物がじっくり確認した二つだけだと結論付け、茶入と槍を買うことにした。

「あれ？　値引きってどうするんだろう？」

「見てた感じだとカスミの時は選択肢が出てたみたいだったけど……出ないってことは、四層エリアで色々やってるカスミだけのものなのかも」

「お金足りるかなあ……？」

「ミスしなければ大丈夫だと思う。ほら、あくまでクエストな訳だし、達成できないようにはなっていないはず」

どうであれ今は答えの出ない話だ。二人は自分達の目利きが間違っていないことを願いつつ、値段通りゴールドを支払い二つのアイテムを購入する。

「槍は……『水仙』！　こっちは『葵《あおい》』だって！」

「おっ、てことは両方合ってたかな？」

「そうみたい！　よかったー」

幸先のいいスタートにメイプルはほっとして笑顔を見せる。メモと照らし合わせての自分達の目利きは間違っていなかったようだ。

「ふぃー……ちょっと緊張したかも」

「確かに。でも、自信もついたんじゃない？」

「この調子で次も行っちゃおう！」

「じゃあ人力車を呼んでくるよ」

「はーい！」

僅《わず》かな待ち時間にもメモを確認しながら、次の店でもいい買い物ができるようまだ覚えていないページを頭に入れるのだった。

◆□◆□◆□◆□◆

四層エリアで買い物を続けカスミから任された分の骨董品店《こっとう》を全て巡って、最後の店から二人で出てくると、インベントリにずらっと並ぶアイテムを確認する。

固有名のついた骨董品は十分買うことができたと言えるだろう。

「結構買えたんじゃない？」

「だね。メモが本当に役に立った」

「ねー！　お陰で偽物は買わなかったし！」

カスミのメモに書かれていたのは買うべき真作の特徴だ。慎重にそのメモと照らし合わせて買い物をしていれば、真作を見逃してしまうことはあっても贋作《がんさく》を間違って買う可能性は低くなる。頼まれごとだったこともあり、丁寧にメモを見て、買う前には二人で確認もとったため贋作は一つも買わずに済んだ。

「カスミに連絡して合流しようか」

「そうしよう！」

ギルドホーム前で合流することにして、二人は飛行機械で空を飛んで行くのだった。


合流したメイプル達はギルドホームでカスミに成果を見せる。

「ちゃーんと間違ったものは一つも買わなかったよ！」

「やるな。二人ともセンスがいい」

「それはメモのお陰。でも楽しかったな。私はあんまりじっくり買い物したりしてこなかったし」

サリーは装備品も最初にユニークシリーズを確保できており、店売りの消費アイテムを使うようなスタイルでもない。

メイプルと一緒でもなければ非戦闘用の服やインテリアといったアイテムをほとんど買わないため、ある種新鮮な気持ちで楽しむことができたようだ。

「これでクエストは達成できる。そうだな……これで言っていたポイントがまた一定まで貯まったんだ。分かりやすく言うなら……四層の時の通行許可証のような」

「つまり、そのポイントがキリのいい数字になったってこと？」

「そういうことだ。四層のように新たに踏み入ることができる新エリアというのはないが、そのタイミングでクエストが増えることがある」

「ふむふむ」

「進行度に合わせたクエスト開放かあ」

「ああ、せっかくだからな。時間があるなら二人とパーティーを組んだ状態で一周したいと考えている。新発生のクエスト以外にも、何かが見つかる可能性もある」

人数やアイテムがクエスト発生に関わってくることもあるため、三人で行くことでしか見つからないものがあってもおかしくはない。

そもそも一人で行って見つかるクエストなら今日でなくとも問題はない。

「いいよ。クエストの内容によってはまた役に立てそうだし」

「案内してもらっちゃおう！」

「任せてくれ。面白い店もいくつもある」

「楽しみにしておくね」

三人でいるうちにやれることをやる。観光を兼ねたクエスト探しのため、三人は町へと繰り出した。

ギルドホームから出た三人。カスミが先導して和の町並みを移動する。

「カスミも最初に来た時はびっくりした？　中に入ると夜になっちゃうの」

「ああ、流石に驚いた。ただ……嬉《うれ》しくもあった。やはり、四層の怪しげな雰囲気は夜でこそ際立つからな」

「この隔絶された感じ……一つの大きなダンジョンみたいなものだよね」

「近いかもしれないな。よし、まずは情報収集をするとしよう」

カスミは二人に目配せをすると、一つの店の中へ入っていく。二人もそれに合わせて店へと入ると、中は並んだテーブルをそれぞれ囲んで雑談をする妖怪《ようかい》達で溢《あふ》れかえっていた。

「私達も席に着こう。奥が空いているな」

カスミに促されるまま奥のテーブルを囲み、三人はテーブルに置かれたメニューに目を通す。

「注文しつつしばらく待とう。ここは情報が集まる店の一つなんだ。それに団子と抹茶が美味いぞ」

「へー……じゃあそのセットにしておこっと！」

「私もそうする。こういう時は分かっている人のおすすめを選んでおくのが一番」

情報収集はどうすればいいかピンと来ていないが、メニューを見て美味しいものを頼むことはできる。

少しして、メイプルとサリーの前には三個ずつ団子が刺さった串《くし》が五本、定番のみたらしから少し変わり種まで綺麗《きれい》な朱塗りの台に載って出てきた。

それを食べつつ、頃合いを見て二人も辺りを見渡す。情報収集というからには、何かできるアクションがあるはずだ。

「「あっ」」

振り返ると何人かの客の上にアイコンが出ており、これが情報を得られるＮＰＣを指していることはすぐに分かった。

「注文してしばらく待つと、情報収集ができるようになる。特別見つけるのが難しい訳ではないがフィールド攻略一辺倒では辿《たど》り着《つ》けないという訳だ」

「だね。カスミはここは自力で?」

「いや、ここは他を探索しているうちに誰かが見つけた場所になるな。ちょうどいいタイミングで利用できて助かった覚えがある」

「中を見るだけじゃなくてちゃんと注文しないといけないのって、見逃しちゃいそうだよね」

「でも観光好きの人……それこそメイプルなんかは、比較的早く見つけてもおかしくない作りだから面白いかも」

「どうやら新しい情報もあるようだ。少し聞いてくる」

「はーい」

「私達が聞けるようなのは、カスミはもう聞いた後だろうしね」

二人が席で待っていると、カスミは一人の筋骨隆々の鬼から話を聞いて戻ってくる。

「面白い話が聞けた。が……二人の助けが欲しい内容だ」

「戦闘?」

「ああ、事情は分かっている。まずはイズが用意している装備ができてからだ」

「どんな所?」

「強烈な重力が働いている異空間だ。二人が何度か出くわしたらしい重力方向を変えるようなものではなく、大きく飛んだり跳ねたりができず投射物は落ちる」

「げ……」

「た、大変そう」

「私とサリーにとってその条件は戦闘スタイルと相性が悪い。可能ならメイプルの力を借りたいと思っている」

機動力が攻めの核になっている二人と違って、メイプルはどっしり構えて戦える。

重力に阻害され得意の遠距離攻撃はできないものの、【身捧《ささ》ぐ慈愛】を活かして安全に距離を詰められればカスミとサリーの攻撃参加もしやすくなる。

「もちろんです！」

「ありがたい。ならそれは予定しておくとして、今日は他にもいくつか町を回ろう」

「まだまだクエストが増えていてもおかしくないしね」

「そういうことだ」

幸先よく新規クエストの発見には成功したが、まだこの店は一軒目。もしカスミが今見つけた超重力エリアよりも高難度なエリアが出てくればそちらの攻略を優先したい。

比較する対象を増やすためにも町の中の散策は不可欠だ。

残りの団子も美味しくいただいて、メイプル達は再度散策へと繰り出した。

上手くクエストに巡り合ってのスタートではあったが、その後は新規クエストに出会えないまま観光メインと言えるような時間が過ぎていった。

「気に入った？」

「えへへ」

メイプルはと言うと赤い鼻緒の黒下駄に紫の和傘を買って、ユニークシリーズイメージのアイテムを装備してこの町を満喫していた。

「次はここだ。ここも期待できる場所の一つになる」

目の前の建物で特徴的なのは煙を立ち上らせる煙突と、玄関横に立てかけられたツルハシ等の古い道具類だろう。建物の規模や静けさからは最初に向かったような大勢の客が集う店とはまた違った印象を受ける。

「またアイテムショップ？　それとも……」

「見れば分かるさ」

カスミが戸を開けると、中の景色が視界に飛び込んでくる。

響くのはカンカンと鉄を叩《たた》く音。赤い輝きを放ち刀身へと姿を変えていくそれを叩いているのは翁面をつけた一人の男。

「鍛冶屋《かじや》か」

「おおー、イズさんの工房とは結構違うね」

「イズさんは多才だから」

イズはポーション等のアイテム生成や薬草等の植物の栽培、鎧《よろい》だけでなくマイとユイに作ったような服も作ることができる。

それと比べてこの工房はまさに鍛冶特化。壁に飾られた分は完成品だろうか。炎の光に照らされて切れ味の良さそうな輝きを放つ武器は装飾も凝ったものが施されており、この鍛冶師の腕の良さが窺《うかが》える。

「さて、どうか……」

「「……？」」

カスミが何かを待っていることを察して、二人もこの部屋唯一のＮＰＣであり、おそらくキーパーソンであろう鍛冶師の反応を待つ。

少しすると鍛冶師は作業を終えて、面をつけたままこちらにちらと顔を向ける。

「あんたら……面白いもん持ってるな」

その言葉に三人はこれは来たとそれぞれの顔を見て軽く頷《うなず》く。

「ちょうど頼み事があってね。誰に頼むか迷っていたんだが……あんたらなら力量も申し分ない」

男がそう言うと、クエストが受注可能な時のアイコンがポンと出る。

「もちろん無理にとは言わない。元々こなしてくれるならこっちは誰に頼んでもいいんだ。ここに来たってことは俺に用があるんだろう？　依頼の結果次第じゃ、手を貸せることも融通できることもある」

そんな条件がなくとも三人の意思は既に固まっている。受けられるクエストは受ける。それが四層エリア攻略の近道だからだ。

三人がクエストを受けると面の奥の瞳《ひとみ》が確かにこちらを見つめているのを感じる。

「受けたからには期待している。急ぎで頼んだぞ」

それだけ言うと男はまた鍛冶仕事へと戻っていった。

「クエスト内容は？」

「これも戦闘になりそうな雰囲気だ」

「じゃあそっちも手伝おう！」

「それは助かる。ありがたい」

「皆で協力して魔王まで辿り着かないとだしね！」

「だね。カスミのお陰で四層エリアも進みは良さそうだし、いっそこっちの攻略が先でもいいかも」

何はともあれ、まずはイズが急ぎで作ってくれている装備品を受け取るのが先だ。

メイプル達は工房から出ると、四層エリアをぐるっと回って回収できるクエストを回収する。

ただ、大きな戦闘がありそうなものは結局最初の二つだけだったため、まずはそれをクリアしてみるところから始めることとなった。

「装備が完成したら呼んでくれればいい。私はその間一人でできる細々としたクエストの方を処理しておくからな」

「分かった」

「装備は作って貰《もら》うけど、気をつけて戦わないと駄目だから……頑張らないと！」

「メイプルの立ち回りでかなり変わってくると思うからね。特に重力の強いところはカバーしきれない部分も出てくるはず」

五層エリアでも手痛い一撃を受けて撤退したところだ。メイプルとて油断はしていないが、より一層集中力を高めて道中のモンスターとも向き合おうとするのだった。

◆□◆□◆□◆□◆

イズが超特急で作ってくれたこともあり、ほんの数日で装備は完成しメイプルの元にメッセージが届いた。

「イズさーん！」

ギルドホームの扉を開けるとすぐにイズが出迎えてくれる。隣の机にはキラキラと輝く銀のイヤリングと指輪が置かれており、これが用意した装備なのだろう。

「一応、目立たないようにできるだけサイズの小さい装備にしたわ。これならダメージを受けない限りＨＰが増えていることも気づかれないと思うわよ」

「ありがとうございます！」

イヤリングは頭の装備として、指輪は見た目通り装飾品として、これでメイプルの能力も一段階ぐんと上がる。

イズの配慮で装備自体は小さなものにしてもらえたため対人戦も見据えられる。


『守護騎士の耳飾り・X』

【HP＋300】

『守護騎士の指輪・X』

【HP＋300】


「おおー！　すごーい！」

特別なスキルこそないものの、HPに特化して作られた装備はイズの言った通り増加ステータスに関してはユニークシリーズを上回るような数値だ。

「これで少しでも探索が楽になれば嬉《うれ》しいわ」

「はいっ！　頑張ってきます！」

「また何か必要なものがあったら言ってね」

「はい！　カスミと四層エリアへ行くので素材が手に入ったらイズさんに！」

「ふふふ、楽しみにしているわ」

受け取った装備品を早速身につけて、メイプルは四層エリアへと向かうことにした。

急いで四層エリアへやってきたメイプルは既に待っていたサリーとカスミに合流する。

「おまたせー！　ごめんね！」

「大丈夫大丈夫、カスミにこのエリアの話を聞きながら待ってたとこ」

「装備は完成したのか？」

「見た目だと分からないでしょ？　イズさんがそういう風に作ってくれたんだ！」

そう言うとメイプルは耳を出して銀の耳飾りと新しくなった指輪を見せる。

「おおー。これなら髪に隠れて見えないね」

「準備は整ったみたいだな。なら早速行くとしようか」

バージョンアップしたメイプルを連れて、まず目指すのはより強い重力が働くエリア。カスミはマップを確認すると飛行機械を起動する。

「ハクの【超巨大化】は一旦《いったん》温存する」

「そうだね。行った先の状況次第で暴れてもらえる可能性もあるし」

「じゃあ飛んでいこー！」

町から出て太陽の下を飛んでいく三人はしばらくして目的地付近で着陸する。

「何もない……よね？」

目の前にはどこまでも続くような広大な草原。吹き抜ける風は心地よく、草食獣をモチーフにしたモンスターが駆け回っている。が、事前に聞かされていたような強い重力は感じない。

「メイプルが来る前に四層エリアについて聞いたんだけど、魔法陣ともちょっと違う方法でエリアを分けてるんだって」

「……？」

「説明されるより見た方が早いだろうな。ちょっと待っていて欲しい」

「うん！」

カスミはインベントリから一枚の札を取り出す。それを持った手を空中にすっと突き出すと、紫の炎が燃え上がり大きな赤い扉が現れた。ボス部屋の扉の雰囲気にも似た、ここと別のどこかを区切っているのだと感じ取れる明確な境界線。

「四層エリアは、戦闘に関してはこうして封じられた異界を巡るクエストがほとんどだ。入ろうか、この先はおそらく聞いていた通りの場所になるはずだ」

準備はいいかとカスミが振り返る。

メイプルとサリーも武器を抜いて、いつでも問題ないと頷いた。

「よし、行こう」

カスミが扉を開けると同じ紫の炎が溢《あふ》れ出る。それはメイプル達を包み込み、気づけば辺りは常夜の荒野に変わっていた。

「おおー……あっ！」

メイプルの後ろからギイッと音が聞こえる。見るからに重そうな赤い大扉はバタンと閉じて、元の世界との繋《つな》がりを絶った。

「普通のルートで元の世界に戻るにはボスを倒すか、ここに戻ってくるかだ。あとは……一応ログアウトや全滅でも弾き出されるな」

「なら次は踏破して最奥から出るのが目標かな」

撤退より完遂を目標とするのは当然のことだ。二人もそれに異論はない。

「そうなるな。しかし……確かに重い」

「重力……って話だったけど、デバフ項目を見ると正確には移動速度低下と強制的な落下だね。カナデとかヒナタもそんな魔法を持ってたし、同じ仕組みかも」

正体は二種類の移動制限。ただ、そうなると単純に重力と形容した時とは変わってくる部分もある。ここは間違いなく敵に有利に作られたフィールド。戦闘になる前にまずは細かい部分の確認からだ。

「メイプル、確認しておこう。【機械神】の銃撃はどれだけ機能する？」

「試してみるね。ちょっと離れてて……よーし【砲身展開】【攻撃開始】！」

音を立てて飛んだ砲弾は、一メートル程先で地面に落下して爆発する。

これでは本来の射程の十分の一もない。カスミの刀とほぼ変わらないと言っていいくらいだ。

「あー……とりあえず【毒竜《ヒドラ》】はなしで」

「そうだね……」

長射程であるからこそ、毒沼の生成が問題なくできているのだ。

目の前に着弾しては思わぬところで事故が起こりかねない。

「私も試しておくか。【水の道】！　【氷柱】【糸使い】！」

空中に伸びていくはずの【水の道】はその形を維持できず、糸で引かれるように地面に落ちてきてバシャンと音を立てて弾け消滅していく。【氷柱】自体はいつも通りだが、糸で体を繋げてよじ登っていこうとすると、すぐに糸が切れて地面に落とされてしまった。

「駄目か……なら地面に足をつけて戦うしかないかなあ」

本来地面に落とされるはずでも、糸で結びつけていればあるいはと考えたサリーだったが、空中に体を留めておくために使ったスキルが解除されてしまうなら、無理に抜け穴を探すより地上で戦うことに集中する方が分かりやすい。三人は気になる部分の検証を済ませて事前準備を終えると、扉を背にしていよいよ出発することにした。

「飛行機械がある環境だからな。ただの平地には空に対する回答が用意されている……ということだろう」

「制空権取れれば完封できるタイプのモンスターなんていくらでもいるし仕方ないね」

「敵は未知だが、なに勝てないことはないはずだ。そのために装備も揃えてきたわけだからな」

「防御はまっかせて！」

「うん。頼りにしてるよ。必要なら回復はすぐかけるから安心して」

【ヒール】は投射物ではなく対象に直接作用するものであるため、問題なく機能したことは幸いだった。緊急時にポーションを放り投げるのは難しい。事前にイズ特製の回復の霧を展開するなど用心することにして、三人は敵の強さを確認するためこの場所最初のモンスターを探し始めた。

「向かうべきは……向こうっぽいよね」

「だろうな」

一番星の如く空に輝く十字の紫の光。これといった目印がない中で、その輝きは三人に進む方向を示しているように感じられた。

「他に目印もないし、一回行ってみよう！」

「どちらにせよ動いてみないことには始まらないな」

「この広さなら……ハクを呼んでもいいんじゃない？　移動速度も揃《そろ》っていた方がやりやすいし」

移動速度そのものを落としてきており、どうやら【ＡＧＩ】が０のメイプルにも影響はあるようだ。メイプルの高速移動は自爆の反動によるものであり、地面に落とされるとうまく前には進めない。ハクならば手を塞《ふさ》がない分、サリーとカスミが台車に乗せて運ぶよりもいい選択だ。

「そうしよう。ハク【覚醒《かくせい》】！」

【超巨大化】を温存していたことが幸いした。カスミはハクを呼び出すと【超巨大化】させて移動手段と頼もしい戦力を同時に確保する。

そうして移動を開始して少し後、メイプル達を囲むように輝く六つの紫の魔法陣が展開され、雷の落ちる音と共に紫のスパークを散らせる雷電を纏《まと》った獣がそれぞれの魔法陣から出現する。

狼より一回り以上大きく、唸《うな》り声を上げるその姿は一体だけ見ても十分な威圧感を放っている。

「メイプル！　カスミ！」

ハクの上では戦いづらい。サリーの短い呼びかけで適切に意図を把握し地面に飛び降りたところに、獣達は駆け込んできた。

「速いな……！」

「メイプル！」

「【身捧《ささ》ぐ慈愛】【救済の残光】！」

「【ヒール】！　っと！」

移動速度低下も強制落下も無視した動きで、雷光の尾を引いて跳ね回りながら距離を詰めてくる獣に対し、メイプルは背に六枚の白い羽を伸ばし二重の防御フィールドを展開する。

サリーは【身捧ぐ慈愛】発動で減ったメイプルのＨＰを回復させると、アイテムを地面に投げつけ持続回復効果を発揮する緑の霧を噴出させる。

「くっ……」

「強い動き」

ジャンプして一方的に上を取ってきた獣にカスミとサリーは目を細める。

遠距離攻撃を封じられている今、適切な距離をとって飛び上がったところを狙うことは難しい。

飛び込んできたところへのカウンターを狙う二人だが、獣達は体毛からバチバチと弾ける紫の電撃を強め、咆哮《ほうこう》と共に一気に迸《ほとばし》らせた。

道中のモンスターとはいえ流石に六体分、ベルベットのそれにも負けない強烈な電撃が紫の光と共に辺りを包み込む。

スキルなしでの回避は不可能と判断したサリーは、回避を一旦完全に放棄しメイプルの状態確認を優先するべく目を向ける。

「だいじょーぶ！　これは貫通じゃないみたい！」

「オーケー安心した！」

「なら攻めよう！　サリー、一体ずつ行く！」

「了解！」

【楓《かえで》の木】が誇る最強の要塞《ようさい》は電撃に揺らぐことなく二人を守り切る。

その事実さえ確認できれば心配事はない。ここからは二人の番だ。

「【一ノ太刀・陽炎】！」

移動速度など関係ない。スキルによる瞬間移動を用いた、カスミにしかできない問答無用のゼロ距離戦闘。敵の着地に合わせて懐に飛び込んだカスミは一閃《いっせん》と共に大きなダメージを与えると、体を捻《ひね》って背後へ回り込む。

「【七ノ太刀・破砕】！」

重い一撃が獣の体を浮かせて吹き飛ばす。強制落下の影響下にないが故に、飛んだその体は待ち構えるサリーの元へと綺麗《きれい》に運ばれた。

何とかサリーを倒そうと降り注ぐ雷は全てメイプルが庇《かば》って無効化する。

「朧《おぼろ》、【火童子】！【水纏】【クインタプルスラッシュ】！」

炎が、水が、ダメージエフェクトが、同じくらいに鮮やかな輝きで雷の中に散る。

本来五連撃のスキルは二本の武器によって十連撃に、そこに一撃ごと三種の追撃がさらに乗る。四十回の多段ヒット。見た目以上の重さでもってサリーのダガーは獣のうち一体を消し飛ばした。

「頑張ってー！」

「ん、さくっと片付ける」

「もう少し待っていてくれ。次は奴に行く！」

「合わせる！」

メイプルを突破する術を持っていないことを後悔しろとばかりに、一方的な各個撃破によって三人はこの包囲を突破するのだった。

鳴り響いていた雷が止んで、六体全てを撃破したことを確認した二人は武器を収める。

「すごーい！　このモンスターなら大丈夫だね！」

「メイプルの防御あってこそだから」

「この守りがあるなら何度出てこようと私達で処理できる」

「お願いしまーす！」

カスミの瞬間移動は移動速度低下や【ＡＧＩ】へのデバフに対してめっぽう強い。それは同じように高速アタッカーを務めるサリーにはない強みと言えるだろう。

「乗ってくれ。また敵が出てくるまで移動しよう」

すーっと地面に近づいてきたハクの頭に乗って再度移動を開始する。

「もうしばらくすれば、四層エリアの『魔王の魔力』まで辿《たど》り着《つ》ける予定だ」

「順調だね！」

「二人が二エリア攻略する間、ずっと四層エリアを奔走していたからな」

「お陰で効率よく進められそうだし、本当助かってる」

「昨日聞いたところでは、クロムのいる六層エリアに関しても順調なようだ。勿論《もちろん》、予定外のことが起こらないとは限らないが案外余裕があるかもしれないな」

メイプル達が遊べるうちに魔王討伐を目指す都合上、時間に制限はある。ただ、せっかくの総まとめの十層だ。やはり攻略一辺倒で駆け抜けてしまうのは少し味気ない。

「空いた時間であちこち巡ってみるといい。ふふ、四層エリアはいいぞ」

「そうだなあ……本当に終わりが見えてきたら、ぐるっと最後に回ろうかな？　メイプルなら魔王討伐直前に何かスキルを見つけちゃったりすることもあるかもだし」

「見つかるかなあ？」

「いや、だってもう既に分裂するようになったし……」

「そ、そう言われると……」

どんな敵が現れようとも十分戦っていけるだけのスキルは持っているが、増えるに越したことはない。【毒性分裂体】は運良く見つけられたが、メインとなる各エリアクエストの進行上にはいわゆる妙なスキルはそう多くはないだろう。

「私もメイプルのまだ見ぬ最終進化に期待しておこう」

「サリーにもいいスキル見つかるといいな」

「ね。まあ攻撃スキルなら【虚実反転】で借りられるし、自由度は高くなったから現状でも悪くはないけど」

サリーとしてもスキルが増える分には全くかまわないのだ。

いつだってレアなスキルや隠しクエストは歩いているだけでは見逃してしまいそうな秘境にあるものだ。攻略だけでなくそういった場所に目を光らせる意識を持てばあとは運次第である。

「む、また来たか！」

そんな話をしていると再度雷鳴が鳴り響いて、先程の獣達が数を倍にして三人を取り囲んだ。

「多いな……勝てはするけど……」

「ダメージは受けないし、ハクに手伝ってもらえないかな？　ぐるぐるって囲んじゃえば！」

「いいね。安全確認はできてるしそれでいこう」

「分かった。メイプル、一度引きつけてくれ！」

「【挑発】！」

十二体の獣が、眩《まぶ》しいほどの電撃と共にメイプルへと殺到する。

普通の大盾使いであれば十分脅威となる量も、メイプルならば問題ない。

「ハク！」

メイプルに飛びついた敵を三人ごと、とぐろを巻いた中へと閉じ込め蓋《ふた》をしてしまった。

ハクかカスミかを倒さなければこの檻《おり》から出ることはできないがそれはメイプルが阻止している。

この監獄から出る術はない。

「二人とも耳塞いでて！」

メイプルはそう言うと夥《おびただ》しい量の爆弾を取り出して足元にばら撒《ま》いていく。

「着火ー！」

密閉された空間の中、百近い爆弾が一斉に爆発し、敵味方問わず全てを爆炎で焼き焦がす。

しかし、メイプルの庇護《ひご》下にあるテイムモンスターとパーティーメンバーはこの豪炎を免れる。

メイプルを傷つける力がない相手に対してはあらゆる無法が許可される。

「終わった？」

「素材だけ拾っておこう。ここ以外では見た記憶がないモンスターだ」

「よーし、成功！」

「次からもこれでいこっか。消耗品の爆弾を使わなくても、ハクに囲んでもらうだけでかなり楽になるから」

「敵の強みの機動力を奪えば私達にかかったデバフも意味をなさないな。ボス戦もこの調子でいければいいのだが……」

「そうはいかないと思う」

「だろうな」

道中のモンスターも一種類ではないだろう。本番と言えるボス戦も残っている。気を緩めることなく勝てる相手には楽に勝って、集中力を維持しつつ効率よく、幾分近づいてきた輝く十字の光の下を目指すのだった。

◆□◆□◆□◆□◆

その後、敵は数種類現れた。空を飛び急降下から攻撃を仕掛けてくる鳥。地中を動き回り、死角から攻撃してくるだけでなく、土に開けた穴を通して四方八方から電撃を放つ土竜。

ただ、それらは今目の前で火炙《ひあぶ》りにされて丸焦げになっていた。

「つよーい」

「対抗手段を持たない相手が悪いということか……」

ばら撒いたアイテムで自分もろともハクの包囲内を火炎地獄に変貌《へんぼう》させたメイプルは燃える炎の中で健在だ。

地面の中へ避難する土竜はこの地獄から逃げることができてしまうため、土竜が電撃を放つのに使う穴を逆に利用して中へ爆発物を流し込む徹底ぶりできっちりと滅殺する。

「よーし！」

「ナイスー。ハクも大活躍だね」

「狭いダンジョンでは留守番をするしかないからな。その分こういった場面では活躍してもらおう」

「ここの敵とは相性良さそうだね。手数と機動力がコンセプトっぽいし、一撃の重さに賭《か》けてきてる感じじゃない」

「貫通攻撃じゃないなら大丈夫！」

相性のいい相手なら完封できるのは変わらないメイプルの強みの一つだ。

「さて、随分近づいてきたが……こうなっていたのか」

星のように輝く光の下までやってきた三人は、遠くから見えていたそれがどういったものなのかを正確に把握し始める。

空から伸びているのか空へ伸びているのか分からないような、夜空と同じ色をして表面に星に似た輝きが点在する背の高い岩石。遠目に見た時には空と同化して分からなかったが、得体の知れない塔とも言える高い岩の頂点で紫の輝きは雷鳴と共にその光を増していく。

「あの光も雷そのものだったか」

「みたいだね。メイプル、気をつけて。多分そろそろボスが来る」

「分かった」

空を見上げて様子を確認しつつ一歩ずつ前へ進んでいくと、紫の雷光は螺旋《らせん》階段のように岩に巻きついて地上までスルスル下りてくる。

その動きに三人が覚えた既視感。その正体に気づくのに時間はかからなかった。

雷はその質感を変えていき、紫のツヤツヤとした鱗《うろこ》を持つ長い体に口からチロチロと赤い舌を見せ、それはやがて大蛇そのものに変貌した。

「まるでミラーマッチだね」

「今回は倒せる大蛇のようだな」

ハクをテイムした時に相対した巨大な白蛇は倒すことのできない相手だったが、今回は同じ大蛇であっても撃破を求められているようだ。

「ハクより大きいし、囲い込みは難しいから……メイプルは距離感に気をつけて！」

鎌首をもたげるボスに向かって武器を向けるサリーとカスミ。ここからが本番、メイプルのバックアップが勝負の鍵《かぎ》を握るだろう。

「攻撃は任せたから！」

「任された！」」

「【挑発】！」

メイプルを中央に【身捧《ささ》ぐ慈愛】の範囲を意識しつつ二人が前へ出る。

しかし、デバフの影響もあって初動はボスが先手を取る。

バチィンと電撃の弾ける大きな音。急加速したボスの体は再び雷そのものとなり、サリーとカスミをすり抜けて電撃による攻撃を仕掛け、自動的にそれを引き受けたメイプルにスタンを与えると、そのまま一気に距離を詰めて襲いかかる。

目の前で実体化した蛇の大きな口。本来反撃できる距離ではあるがスタンがそれを許さない。手に持った短刀と大盾を落として、そのまま噛《か》みつかれて拘束され電撃がメイプルを襲う。

「だいっ、じょーぶ！　気をつけて！」

メイプルは強制的に二人から引《ひ》き剥《は》がされていることを理解し二人に声をかける。

適切な距離感が保てなければ【身捧ぐ慈愛】は効果を発揮しない。

メイプルを連れ去ったまま、大蛇は円を描くように空へと舞い上がる。

「雷の体なだけある……！」

「【心眼】！　サリー、何か降ってくるぞ！」

「オーケー」

敵の攻撃を予感して【心眼】を起動したカスミの視界に映ったのは空と地面を繋《つな》ぐように伸びる円柱状の赤いダメージゾーン。

サリーの予測も異次元の精度だが、今のカスミは答えが見えているようなものだ。

より確実な回避のためカスミが短く安全なポジションを伝えてサリーが動く。

大量の落雷が地面に焦げた痕《あと》を残したのはその一瞬後のことだった。

「幸いメイプルは引っついていてくれてるし、すれ違いざまに攻撃してみよう」

「手が出せないからな……それでいこう」

頭部を攻撃する際に間違いなく電撃によるカウンターが待っているだろう。だが、メイプルが咥《くわ》えられている限りはその瞬間は間違いなく安全だ。

飛び道具が禁じられている以上、メイプルを無理に救出するよりも今の状態を活かしてＨＰを削りたい。

敵の攻撃は雷による範囲攻撃と巨体による体当たり。カスミとサリーでは庇《かば》い合うことは難しいため、範囲攻撃に同時に巻き込まれないよう距離をとって突進を待つ。

電撃を強めたのを予兆として、雷鳴を残して急加速し、瞬間移動と言っていい程の速さでサリーの目の前に大口を開けた頭部が迫る。

「それは見た」

メイプルとサリーの明確な差。その回避能力でもって喰らいつきを避けるとダガーで深く口元を裂く。電撃が地面を抉《えぐ》りながら迸《ほとばし》り、強烈なスパークがサリーを捉《とら》える。ただこれは【身捧ぐ慈愛】の範囲内だ。

「あうっ！」

「あ。ここで解放されるのか」

大きく口を開けてサリーを攻撃したために、咥えられていたメイプルが地面に転がり落ちる。サリーが避けたことで代わりに拘束するプレイヤーなしで空中に戻っていく。

スタンしたメイプルの元へカスミも戻ってきて、降り注ぐ雷をやり過ごす。

「メイプル以外が捕まるとまずいか」

「うん。多分メイプルは追いつけないし、私達だと耐えられない」

「胴体はダメージを与えられなかった。雷そのものといった感じだ」

「確認助かる。じゃあ地道にいくしかないね。メイプルのお陰でこれでも大分楽になってるし」

「……はっ！」

「おはよう。ありがとうメイプル。で、起きたところ悪いんだけど、あの喰らいつきはメイプルに受けてもらうしかないかも」

「……」

「メイプル？」

雷はメイプルによって無効化されている。気になることがあるなら再度突撃してくる前に消化しておきたい。

「スタン耐性……貰《もら》えちゃったりしないかな？」

「なるほど？」

十層の見るからに強力なボスだ。実際たった今メイプルにスタンも与えていた。

最終戦闘の魔王も多様な攻撃を使ってくることが考えられるためここで試しておく価値はある。

手に入ればここにきてメイプルの死角がまた一つ減ることになるからだ。

「サリーとカスミは大丈夫……？」

拘束されている間はメイプルの位置が動き続けるため【身捧ぐ慈愛】の恩恵を受けづらくなる。

それはメイプルのために二人が絶えず電撃に晒《さら》されるということでもある。

「問題ない。一撃程度なら耐えられるはずだ。回復手段を用意すれば時間は作れる」

カスミもインファイトを仕掛けるプレイヤー、接近戦でのダメージトレードに耐えられるようダメージカットの手段は持ち合わせている。

カスミから肯定的な反応が返ってきたメイプルはサリーの方を見る。

「勿論《もちろん》。私は避けられる」

「ありがとう！」

再接近するボスに笑顔のメイプルを差し出すという【楓《かえで》の木】独特のプレイングで、二人は空へ連れ去られていくその姿を見送った。

メイプルがボスにひたすら拉致《らち》され続ける間、想定通りカスミとサリーにとって雷を避けるという別のゲームが始まった。ハクまで避けさせている余裕はないため、ささっと指輪に戻してカスミは回避に集中する。

「自分達を狙って落ちてくるのと、避けた先を狙ってるようなのがある」

「分かってはいるが……！　本当によくやるものだ」

「頑張って。回復は用意してるから」

カスミの動きが悪いわけではないが、仕組みが頭で分かっていても【心眼】のサポートなしでは完璧《かんぺき》には避けきれない。できないからこそ基本どのプレイヤーもＨＰと【ＶＩＴ】のステータスに振っているのだ。

ともあれサリーが完璧に回避をこなすことと、メイプルがあまりにも堅いことによって、ボスが効率よく三人のプレイヤーに攻撃を仕掛けているにもかかわらず、この奇妙な戦場のバランスは壊れずに維持されていた。

「ちょうどいい訓練でもあるんじゃない？　ＨＰを減らせばボスの攻撃も激しくなるだろうし」

「それも……そうだな！」

今のうちに慣らしておけば後半の苛烈《かれつ》な攻撃への対処も幾分か楽になるだろう。

そうしてメイプルが拘束されては、口から溢《こぼ》れ地面に転がり落ちるという流れがもう何度繰り返されたか分からなくなった頃。カスミがサリー同様雷を避けられるようになり、悠々とメイプルの再拘束を待つようになった頃。

メイプルから歓喜の声が上がった。

「やったー！　かんせーい！」

「お、ようやく来た？」

「いつの間にか私の回避も上手くなってしまったな」

メイプルのスキル欄に燦然《さんぜん》と輝く【スタン無効】の文字。数時間の攻防と引き換えに確保したスキルはメイプルをスタン対策の高額アイテムや装飾品から解放した。

「さて、いよいよ反撃だな。敵の攻撃にももう慣れた。次の手を見せてもらおう」

「ね。メイプルもこれなら捕まり得なんじゃない？　さあ、来るよ！」

「おっけー！　こーい！」

電撃と共に凄《すさ》まじい速度で突っ込んできたボスの攻撃を、メイプルは回避できないしする気もない。むしろさあ食べてくれとばかりにぱっと手を広げて待ち構える。

ばくんと閉じた大口を、両サイドに立ったサリーとカスミが斬りつけてダメージを与える。

目的を達成した今、もう逃してやる理由はないのだ。そしてそれは連れ去られたメイプルも同じこと。スタンを受けず、ダメージも受けず。今のメイプルは拘束下にあらず、その防御力によって密着してゼロ距離戦闘が可能になった、ボスにとって最悪の状態なのだ。

「【砲身展開】【攻撃開始】！」

伸びる兵器が大量の弾を口腔内《こうこう》にばら撒《ま》く。一メートルしか弾が飛ばないこともこの距離であれば関係ない。

炎のブレスと間違うほど、口から溢れる大量のダメージエフェクト。特別防御力の高いボスでもない大蛇が無事に受け切れるものではないのは明らかだ。

「【古代兵器】！」

「すっご」

「あの距離感に立てるのは唯一無二だな」

花火のように夜空を彩る青と赤の光と爆発音、それに交じってダメージエフェクトと反撃の雷。

しかし、今の攻撃パターンではこの暴力にボスが対抗できないのは分かっている。サリーとカスミは自分達がしくじることがないよう、安全重視で回避に集中しボスのＨＰと動きを注視する。そうして激しい地鳴りが始まったのは、何度目かの拘束によりメイプルがボスのＨＰを半分程まで削った時のことだった。

「カスミ、下！」

サリーとカスミ、遅れて上空で拘束が解けて落下中のメイプルがそれぞれ変化を察知する。

地面を突き破って溢れた紫の太い雷がうねるように暴れて三人に向かってきたのはサリーの呼びかけからすぐのことだった。

「……！」

「こっちは気にしないで！」

「【八ノ太刀・疾風】！」

反応は三者三様。余裕を持った展開だったこともあり、この後の動きについて意識できたことでここは攻撃を受けてみることにしたメイプル。大振りな攻撃に回避できると確信したサリー。自分がダメージを受けることで今後の展開の幅が狭くなることを危惧《きぐ》し確実な回避を試みるカスミ。

結果としてそれぞれの動きは意図通りに機能し、極太の雷光は落下中のメイプルだけを飲み込む。大きな音と共に雷光に包まれメイプルの視界が紫の光に染まり、ダメージエフェクトと共にＨＰの三分の一ほどが消失する。

「いっ……たた」

「【ヒール】！」

サリーからの即時回復をもらいながら、地面に落ちるところを受け止めてもらって、そのまま抱かれて隙なく移動する。防御貫通攻撃による確かなダメージに目を細めながら、しかしメイプルは手応えありというような満足気な表情をしていた。

「装備効いてるね」

「うん！　作ってもらって正解だった！」

「じゃあこの調子で後半分気合い入れていくよ」

「うんっ！」

貫通攻撃であることは事実のため、サリーはメイプルを背負い直してそのまま走り出す。

デバフを受けた状態で人を背負っている現状、動きにくいのは間違いなく、本来戦えるような状態ではないはずだ。

この制限を加えてなおサリーの回避はカスミより高い精度を維持しているのだから驚くより他にない。

「脱帽だな……サリー！　接近したところを叩《たた》く」

「頼んだメイプル！」

「了解っ！」

メイプルを背負って両手が塞《ふさ》がっているサリーは攻撃を一任して接近だけを担当する。

メイプルに足りない機動力をサリーが補い、メイプルが貫通攻撃以外を防御する。

攻撃の大半を無効化し、新たな攻撃である噴出しうねる雷光だけを避ければいい状態にすれば、カスミとサリーの負担は少なくなる。

メイプルがボスに連れ回されずサリーのコントロール下にいるようになったお陰で【身捧《ささ》ぐ慈愛】の防護も取り戻した。

ここからはもう勝利まで迅速に詰めるだけだ。

「【悪食】は？」

「口の中で使っちゃった」

「近づくから【古代兵器】で攻撃お願い。【機械神】はちょっとバランス取りきれない」

「分かった！」

「メイプル、注意引いて欲しい！」

「【挑発】！」

隣に浮かぶ黒いキューブ。敵をその射程内に収めるため、サリーはメイプルを背負って駆け抜ける。

メイプルに【挑発】を使わせたことで全ての雷が襲いくる。そうさせたのはサリーの自信、いや確信。

躱《かわ》せるという確信があるが故に、ここはカスミの負担まで背負うことにしたのである。

「助かる。【九ノ太刀・夜叉《やしゃ》】！」

二人が注意を引いてくれていることで完全にフリーになったカスミはＨＰと【ＶＩＴ】を犠牲に与ダメージを増加させ、ボスが地上に降りてくるタイミングに合わせて【一ノ太刀・陽炎】を起点にして高速で距離を詰める。

ボスはメイプル一直線。しかしこれまでと唯一異なる、そして絶対的な差。文字通りサリーがメイプルの足となっていること。

サリーは完璧なステップでボスの突進を紙一重で避け、ちょうどカスミと頭部を挟み込む形でメイプルの武器の射程内にボスを収める。

「頼んだよ、二人とも！」

「【武者の腕】【紫幻刀】！」

「【古代兵器】！」

大きく開いた口を両側から凄まじい攻撃が襲う。それは夥《おびただ》しい量のダメージエフェクトを散らせながらボスのＨＰを削り切り、パリィンと高い音を立てて、視界を覆い尽くすほどの紫の雷光を残してボスの姿は消えていった。

「やった！」

「ダメージ計算完璧だったね」

「メイプルが削っていくところを観察できたからな。余裕を持って計算できた。ただ……すまないが元に戻るまでは待ってもらえないだろうか。この姿で外は……少しな」

「勿論」

「はーい！　のんびり待とう！」

「助かる」

倒しきるのに必要なダメージを確保するため、小さくなる他なかったカスミが元のサイズに戻るまで、三人はボス戦の疲れをとりつつゆっくりと時間を過ごすのだった。

◆□◆□◆□◆□◆

無事攻略を済ませ、新装備でＨＰを増やしたことの良さも確認できた。

十分な成果を得て満足したいところだが、まだクエストは残っている。

「後は鍛冶《かじ》師の人のクエストだね」

「ああ。難易度はそう大きくは変わらないはずだ」

先程のような大幅に機動力を削ぐフィールドでなく全力を出せる場所ならば、この三人が負ける相手などそうはいないだろう。

「ただ……今日は結構遅くなったからな。次も有用なスキルが手に入るような戦闘になるかもしれない。また余裕がある時に挑戦でもいいと思うがどうだろう」

「あー、確かに。それは悪くないかも。時間的にもそこまでどうしようもないくらい切羽詰まってるわけではないし」

「じゃあ今日は一旦《いったん》解散？」

「そうなるな」

「じゃあまた呼んでね！　全力でサポートするから！」

「ああ。頼りにしている」

メイプルも今日は【スタン無効】という大きな収穫もあったためもうレベル上げはいいだろうと、二人に見送られて先にログアウトしていった。残った二人はさて、と一息つく。

「カスミはこの後は？」

「特別用事はないが、今日は私も少ししたらログアウトするつもりだ。何か用はあるか？」

「可能なら……一戦」

「構わない。相手になるかは分からないが」

「そんなことないよ」

「ふふ、分かった。なら……訓練所へ行こう」

その言葉と共にカスミの雰囲気が変わる。先程のボス戦よりも一段と鋭利な、殺気にも似たそれは今から戦う相手がボス以上に強い相手であると認識していることの証左だった。


訓練所で向かい合い互いに武器を抜く。同じギルドメンバー、手の内も互いに知り尽くしている。前回の対人戦に向けてこうして何度も戦い、使いがちな戦法や好む組み立ても理解している。

「…………」

カスミは刀の切先越しに二本のダガーを構えるサリーを見る。そこには隙がない。文字通り一切の隙がないのだ。脳内で攻め方をシミュレートする間サリーはただじっと待っている。これもいつ

ものことだ。

誘ってきたのはサリー、しかし挑戦者はカスミの方だ。

「【武者の腕】【戦場の修羅】【一ノ太刀・陽炎】！」

カスミの姿がかき消えてサリーの目の前に転移し即座に斬りつける。

「【超加速】！　【剣山】！」

サリーの回避に合わせて高速で踏み込み、足元から刀が飛び出す。カスミのスキルは全てクールタイムが大幅に短縮されている。強力なスキルを連打して、ステータスを跳ね上げ、転移を繰り返してサリーに斬りかかる。

「くっ……」

カスミはそれでもただの一撃すら加えられない事実に顔を顰《しか》める。他でもない自分自身がサリーの練度を上げ続けていることに気づいているのだ。最初はダガーで弾くこともあった攻撃はやがて余裕を持って回避されるようになり、今となっては数ミリ単位の隙間を残して避けられている。

スキルを使用した瞬間、武器の軌道も速度も固定される。その情報を活かして戦うのは上位プレイヤーの間では当然のことだが、それにしてもこれは異常事態だ。

せいぜいガード、ないしはバックステップで回避するのが普通とされている中で必要以上の精度の距離感覚と身体制御。思わず寒気がするような、完璧《かんぺき》としか形容できない動き。そこまでする必要はないはずなのだ。

一通りの攻撃を仕掛け、【戦場の修羅】の効果が切れたところでカスミは降参を宣言する。

ここまでがいつもの流れだ。

「通常攻撃も交ぜていったが……流石にもう当たらないな」

「ありがとう。お陰でかなり上手くなれた」

「役に立てたなら何よりだ。太刀の発動速度に不満を感じるのはサリー相手の時くらいだとも」

スキルは発声によって行われる。たとえば【スラッシュ】と【一ノ太刀・陽炎】では言葉に出す際に僅《わず》かな秒数の差がある。それが戦闘に影響するかというとそこまでシビアではないことがほとんどだが、サリーが相手ではスキル宣言が長ければ長いほど完璧な対処が待っている。

「これでは流石に魔王も当てるのは難しいか」

「どうかな。当てられるなら……いや、うん。当ててみて欲しい」

「いい自信だ。しかし、ならばもう少し手心を加えてやらないといけないかもしれないが……」

「それは……しない」

「それはそうだろうな」

「うん」

「私としてもこの訓練でかなり多くの攻めのパターンを考えられた。まあ……実際にどれくらい効くかが分かりにくいのが玉に瑕《きず》だがな」

「それは……ごめんね？」

「いや、いいんだ。また何か思いついた時は、今度はこちらから声をかけよう」

「ありがとう」

ただ一戦。されど濃厚な時間に満足して二人は別れる。サリーも自分の成長に確かな手応えを感じていた。今まで多くのゲームを遊んできたサリーだがそれら全てを振り返ってもここまでの仕上がりは一度としてなかった。

それが聞き覚えのあるスキル宣言であれば、そこに回避できるだけのスペースがあれば、数ミリ単位で回避することができるという確信がある。

「ふぅ、もう少し動きを詰めるか」

サリーは一つ伸びをするとまだ満足しないとばかりに、自らの技を研ぎ澄ませるため訓練所の自動攻撃システムを起動するのだった。

六章　防御特化と鉱石洞窟《どうくつ》。

翌日。四層エリアに再度集まった三人は飛行機械で次なるクエストの目的地まで飛んでいく。あくまで異界への扉を越えてからが本番なため、そこまで行くのはそう難しくない。

無事目的地まで辿《たど》り着《つ》くと出力を抑えて着陸し、扉を出現させて中へと入る。

昨日一度経験したこともあり、恐れることもなく足を踏み入れると目の前には幅の広い渓谷が広がっていた。

「下は……急流か」

「こっちから崖《がけ》沿いに下りていけそうだね」

端に立って下を覗《のぞ》き込むと、断崖《だんがい》絶壁に挟まれた底の底で勢いよく水が音を立てて流れていた。流れる水に巻き込まれた時に命の保証はできない。落ちた際に死ぬように作られているのなら、それは圧倒的な防御力を持つメイプルでも同じことだ。

「飛行機械は駄目かな？」

「ぱっと見は駄目じゃない……けど。こんなに露骨に飛行機械で下りられれば楽って構造になってるのはちょっと違和感がある」

「同感だ。罠《わな》というほどではなくとも、何かしらの対策が待っているような気はする」

昨日の戦闘は間違いなく飛行機械を意識した作りだった。全てのエリアで対策を打っているわけではないだろうが、飛ぶだけであまりに攻略が簡単になるというのは間違った道に招かれているようで少々気味が悪い。

「順路通り行った方がいいかな？」

「そうしてみようか。日を改めたから時間の余裕もあるわけだし」

「ならこっちだな。落ちないように気をつけていこう」

崖沿いに飛び出した狭い道は幅四十センチ程。ここで満足に戦うのは難しい。飛行機械があるとはいえ飛ぶことへの懸念があるためあくまで最終手段だ。

三人がしばらく進むと崖に亀裂が走っており、中へと入れそうな道を見つける。

かろうじて三人が横に並べないこともない程度の広さでしかないが、崖沿いよりはよっぽど安定した足場だ。

「こっちだな」

「よかった、一旦歩きやすくなりそうだね」

「敵も出てくるかな？」

「おそらく。防御の準備はよろしくね」

「分かった！」

「明かりはこちらで確保しよう」

狭い道で天井も高くないため、サリーとカスミの機動力は活かしづらい。

ここはメイプルを前に出して、先頭で不意の攻撃に備えるのがベターだ。

メイプルはしっかり大盾を構えつつ曲がり角ではそっと顔を出して慎重に先を確認する。

「五層エリアでの経験が活きてるね」

「急に撃たれたりしたら大変だし！」

「いい警戒だ」

緩やかな下り坂を進んでいくと、前方に壁に埋まったオレンジの輝きが見えてくる。

「私が確認するね！」

「うん。よろしく」

大抵のものには触っても平気なメイプルが輝きの元まで歩いていくと、それはゆらめく光を内部に湛《たた》えた鉱石だった。

鉱石は壁から生える形でしっかり固定されているようで、メイプルにはぽろっと落ちたりはしなそうに見えた。

メイプルがそれをちょんちょんとつつくと中の光が溢《あふ》れ出てボッと小さな炎が飛び出た。

「わっ！」

驚いて手を引くメイプルだが、そもそもダメージは受けなかったようで、それなら一安心と胸《むね》を撫《な》で下《お》ろす。

「炎が出るみたい」

「素材を手に入れてこいって話だったしこういうのかな？」

「必要なのはボス素材だ。だが、これはこれで何か属性に関わるアイテムになりそうだな」

「持って帰れそうなら持って帰ろっか！」

「いいと思うよ。イズさんも喜んでくれそう」

目の前の小さな一つはあくまでこれから手に入れるべきアイテムがどういったものかを示すもの。アイテムとして現れたものを手に入れられるよう、採掘ポイントを探しながら奥へとしばらく進んでいった三人の目の前に、自分達のライトの光がかき消されてしまう程のオレンジの輝きが姿を見せる。

「おおー！」

大きさも数も先程とは比べものにならない鉱石がずらり。メイプル達が探していた採掘ポイントもきっちりあって、これはいいとばかりにツルハシを取り出してメイプルが近づいていく。

「……？」

そうして鉱石の元まで来たところでメイプルは視界の端に一瞬、違和感を覚えてそちらをちらと見る。

カタカタ、コロッ。軽い音を立てて動き出した手のひらサイズの一つの鉱石が壁から剥《は》がれ落ちる。その上にはＨＰバー。モンスターだと気づいた時にはそれは地面に落ちて小さな火花を生んでいた。

「み、【身捧《ささ》ぐ慈愛】！」

火花が連鎖し辺りの鉱石が全て炎を噴き出していく。まるで火竜の口の中に放り込まれたかのような豪炎が、通ってきた道ごと全てを炎に包み焼き尽くす。

「……ま、間に合ったあ」

「大丈夫⁉」

「うん！　そっちはー？」

「問題ない。今行く」

ばちばちと火の爆ぜる音が響く中、声を張り上げて無事を確認する。少しして収まり出した炎をかき分けて二人がメイプルの元までやってきた。

「驚いたな……何が起きた？」

「えっと、ちっさな鉱石と同じ見た目のモンスターがいてそれが点火しちゃったみたい」

「これ連鎖するんだね。ちょっとボスも使ってきそうだなあ」

「可能性はある。同じ仕様ならメイプルがいれば問題はないが……」

強烈な範囲攻撃の予感。今のように通路全てを巻き込んでこられるとカスミの【心眼】もサリーの技術も役に立たない。

「とりあえず【身捧ぐ慈愛】はそのままで。今回はちょうど目の前で燃え出したけど、いきなり奥から炎が噴き出してくることもないとは言えないし」

「了解！　二人も近くにいてね」

「ああ、ボスに辿り着く前に燃え尽きるわけにはいかないからな」

「あとはここで採掘もしていこっか。メイプルがいれば間違って発火しても大丈夫みたいだし」

「まっかせて！　まずはここから……あ」

メイプルが採取のために叩《たた》きつけたツルハシの根元で生まれた、何らかの判定が行われたようなエフェクトと明らかに良くないことが起こると思える暗く低い音。

この危険物を安全に掘るにはどうやらメイプルのステータスは低すぎたらしく、先程の比ではない大きな火花をきっかけに辺りは業火に包まれることとなるのだった。


戦闘特化前衛タイプの三人ということもあってステータスは全く足りず、採掘イコールギミック起動になってしまってはいたものの、メイプルが全てを庇《かば》うことによって無理やりその問題点をクリアし無事満足いくだけの鉱石を手に入れることに成功した。

「上手くいったね！」

「うん。上手く……上手く？　いった。うん」

「過程は想定されたものではないだろうが……それはそれだ」

インベントリにどっさり鉱石を詰め込んで奥へと向かう。途中幾度も炎が吹き荒れたが気にする必要のないことだ。

そんな三人が次に出会ったのは青い輝きを放つ鉱石。

「……水かなあ？」

「水っぽい」

「水だろう」

満場一致でこの鉱石からは水が出てくると読んだメイプル達は次に何が起こるかを考える。

「何でもない水の刃とかならいいけど……激流でノックバックとか、水で窒息狙いとかは嫌だよね」

「とりあえず窒息の方をアイテムでケアするか。幸い八層の時の余りが山ほどある」

「ノックバックは……とりあえず私が何とかするよ。玉座置くのはもったいないし、ノックバックがあるかどうかは確かめておきたい」

そう言うとサリーは糸で自分を地面に固定するとメイプルにもそれを伸ばした。

「カスミ、チェックお願い」

「分かった」

自由に動けるカスミが青い鉱石の光溢れる中へ踏み出すと、想定通り小さな鉱石が転がり出て、その直後一瞬で通路全てを水が埋め尽くした。

「これは……ノックバックはないね」

糸の感覚からはメイプルがひたすら引かれているような勢いは伝わってこない。水も辺り全てを沈めただけで激流ではない。

「メイプル、どうだ？」

窒息狙いの線もなくはないだろうが、先程の炎と比べて随分威力が弱いように思われた。

ダメージこそ入っていないものの、攻撃の全てを自動的に庇っているメイプルに、何か影響があるのではないかとカスミが確認する。

「……あっ！　あー、そういうことかも！」

「何か分かった？」

「ＨＰとＭＰと【ＶＩＴ】が半分になってる！　効果時間は十分だって！」

「全ステータス50％ダウン？　重……ま、まあでもメイプルなら？」

「うん、まだまだ【ＶＩＴ】は一万くらいあるよ！　他は元々ゼロだし……」

「なら問題はない、か。それで耐えられない攻撃は普通ない」

「だね。これも私達は当たっちゃダメかも。ありがとうメイプル、気をつける」

「火の次に水か。まだ属性は存在するが果たして……」

「とりあえず前に進もう。この水がいつ引くかも分からないし」

「そうだね！　足はこれ以上遅くならないから大丈夫！」

「ん、じゃあメイプル先頭で。糸ほどくよ」

「はーい」

水のギミックも問題なく切り抜けて、三人はさらに奥へと進んでいくのだった。


奥へ奥へ。時折あった分かれ道や、複数回の属性ギミック被弾もなんのその。メイプル達はボス部屋を示す扉の前までやってきていた。

「一応ギミックおさらいしておく?」

「うんっ! えーと……」

炎は分かりやすい範囲攻撃、水はステータスダウン。そしてさらに最奥へ来るまでに遭遇した緑の鉱石由来の風と黄色の鉱石由来の土の属性ギミックだ。風は突風によるノックバック。土は地面を沼状に変えて上にいるプレイヤーの動きを封じるというものだ。

炎以外の属性ギミックは、強力だがそれ単体では殺傷能力がほぼないようなものだ。

特に土のギミックなどは側にモンスターを配置していない時には意味がない。だからこそ三人はこのギミックがあくまで予告のようなもので、後にこれが効果的に働く本番となる戦闘があると踏んだのだ。

中ボスはおらず、適度に湧いた雑魚モンスターをサクサク倒して、ギミックを把握しながら奥へと進むうちボス部屋の前までやってきていた。つまり本番はこの部屋の奥、ボス戦であることは間違いないだろう。

「【身捧ぐ慈愛】よし。【救済の残光】よし。装備品よし。念の為水ギミックのデバフ抜きもよし！」

「準備万端！　いつでも行けるよー！」

「開けるぞ」

カスミが大きな扉を開けて、ボス部屋へと飛び込む。予想に反して中には各属性のギミックの起点となる鉱石は見当たらない。代わりに奥で砂煙を立てて巨体が起き上がった。

各属性を示す四色の光が中でゆらめく巨大な結晶が繋《つな》がってできたゴーレム。機敏そうには見えないことに加え、ゴーレムとの戦闘経験もそれなりに増えてきたこともあり、メイプルは少し安心した様子でボスを見る。

しかし。

「うぇっ!?」

ボスは跳躍した。それも想定以上の機敏さで。

メイプル達までは届かないものの、一気に距離を詰めつつ地面に足を強く叩きつけ、部屋全体に視界を奪う砂煙を舞い上げる。

「メイプル、落ち着いて」

「うん！　……？」

サリーの声に落ち着きを取り戻し、砂煙の向こうからボスが突撃してくるのを警戒する。

「……！」

落ち着いて警戒していたからこそメイプルは気づいた。砂煙の中、地面に淡く輝く緑の光。それは風のギミックの起点。

「【ヘビーボディ】！」

メイプルがノックバック無効を付与した直後、凄《すさ》まじい風が吹き荒れる。砂嵐ごと吹き飛ばす暴風を受けつつ何とか目を開けたメイプルが見たのはいつの間にか地面に点在している緑の鉱石と、眼前に迫ったボスの輝く大きな拳《こぶし》だった。

本来なら陣形破壊からの強襲。初動としては十分過ぎる圧力がある動きだが、メイプルは【身捧ぐ慈愛】でノックバック効果を持つ風を全て自分に吸い寄せ陣形を維持し、大盾でしっかりとその拳を受け止める。

ただ受け止めるだけではない。発動した【悪食】はボスの拳を食い破り、強烈なカウンターでもって逆にボスのHPを削り取る。

「【全武装展開】【攻撃開始】【古代兵器】！」

それだけでは止まらない。即座に展開した二種の兵器が唸《うな》りをあげて、赤と青のレーザーがボスの胴体を貫く。

互いに最善の動き。その上でメイプルの対応と出力が上回った。

メイプルに注意が向いているうちに一気に前に飛び出したのがカスミとサリーだ。

十中八九あの飛び込みと砂煙が鉱石をばら撒《ま》くタイミングになっている。

「「【超加速】！」」

距離を取ろうとするボスをそう楽にもう一度跳ばせてはやらないと一気に距離を詰めた二人。ただの拳での攻撃であればメイプルは揺らがないため、気にかける必要はない。

「【戦場の修羅】【武者の腕】【四ノ太刀・旋風】！」

「朧《おぼろ》、【火童子】！【水纏】【クインタプルスラッシュ】！」

接近し両足を斬り刻むことで、凄まじいダメージエフェクトが弾け、両足が砕けて一気にボスがダウンする。

明確なチャンス。全員が前のめりになるタイミング。しかし、砕けて散った破片はその光を増していく。ボスの体そのものもまた属性攻撃の起点の鉱石。

気づいた時には辺りに四属性のギミックが凄まじい勢いで拡散した。

燃え盛る火、鎮静の水、束縛の土に攪乱《かくらん》の風。

ボスも持っていた強烈なカウンター。ダウンを餌にプレイヤーを惹《ひ》きつけ一網打尽にする狡猾《こうかつ》なやり口。

「残念。うちにはメイプルがいるんだよね」

「新たな属性を用意すべきだったな」

後方で全てを受け止める六枚羽の守護天使。ご丁寧に道中で見せてくれたギミックは、確かに強力だがメイプルに有効なものではなかった。

「【九ノ太刀・夜叉《やしゃ》】【四ノ太刀・旋風】！」

「【クアドラプルスラッシュ】！」

「【古代兵器】【滲《にじ》み出《で》る混沌《こんとん》】！」

ダウンを餌としてのカウンター。カウンターが成立しないのならそれはただのダウンでしかない。叩き込んだ強力なスキルによるラッシュがボスの体を粉々に砕いていき、それが次の属性ギミックを誘発する。攻撃すれば確定のカウンターが待っている厄介な仕様。しかし、全て正面から踏《ふ》み潰《つぶ》して無力化する無法の怪物の前に、その強力なカウンターは力を発揮しきれずに脆《もろ》くも崩れ去るのだった。

◆□◆□◆□◆□◆

無事にカスミのクエストの手助けを成功させた二人は、そのままボスが落とした一際大きな鉱石を持ち帰るカスミに付き添いクエストをクリアした。残りの細かい各属性の鉱石は使えば弱い属性攻撃が可能だが、さらなる可能性の追求のためイズに渡すことにして、これで予定していたクエストの消化は済んだこととなる。

「またクエスト次第では手伝ってもらうことになるかもしれないが……ともかく、助かった」

「どういたしましてー！」

「どっちかというと私達が助けてもらってる立場だしね」

期日までの魔王討伐のため、【楓《かえで》の木】のメンバーにはかなりの助力をもらっている。

「二人のお陰で上手く攻略できたクエストだった。いや、本当に助かった」

「カスミも大活躍だったよ！」

「ははは、次はもっと活躍してみせよう」

「期待してる」

「ああ期待しておいてくれ」

順調にクエストが終わり、また次のクエストを探すことになったカスミは四層エリアの町へと繰り出していく。

二人はそれを見送ってこの後はどうしようかと顔を見合わせる。

「どうする？　五層エリアに戻るのもありだし、隠しエリアを探してみるなんてのも……まあ、なくはないかな？」

「んー……そうだなー……やっぱり五層エリアの方かな？　そのために装備も作ってもらったんだし！」

「オーケー。あそこを進めるのが私達の役目だしね。上手くいけば残りのエリア全部一気に攻略が済んじゃうかも」

「それなら、ちょうどいい感じで魔王討伐に行けるね！」

「そのためにも私達も進めておかないと」

「うん！」

「じゃあ五層エリアの町に……ん？」

「メッセージだ」

さて誰からだと二人がそれぞれ確認すると、どうやら【楓の木】のギルドメンバーではなく、運営からのメッセージのようだった。

「締めくくりのイベントの内容についてだね」

「えーと……PvPかPvEを選んで参加……ふむふむ。ええっ⁉　参加するだけで金のメダル一枚だって！」

「おおー、流石節目のイベントだけあるね。大盤振る舞い。それだけ次に実装されるエリアの難易度が跳ね上がるってことでもあるんだろうけど」

金メダルが手に入れば自分の軸にできるようなスキルを手に入れられる可能性は高い。

このイベント前後でプレイヤーの強さは一段階変わると言っても過言ではないだろう。

「PvPはデュオ……パーティー組むなら二人までで……戦闘開始と同時に空間を区切ってスキル使用回数も回復」

「決闘みたいな感じだね」

「それが近いかも。それとは別に一定範囲内にプレイヤーがある程度集まると限定的なバトルロイヤルも始まるらしい」

「へー。順位とかってあるの？」

「いや。あくまでお祭りイベントみたいだね。強制リタイアはないし、参加賞の金メダルが全て。全力を出して盛り上がってねって感じ。倒されたプレイヤーも一旦《いったん》敗北者用のエリアに飛ぶけど、まだ戦いたかったら好きな場所に転移して再開できる」

「なるほどー」

順位のために戦闘を強制されている訳でもない。それぞれのプレイヤーが今の自分の実力を試しつつ、足りないものを再確認し金メダルで欲しいスキルを考えるための機会。

そういう側面もあるだろうが、まず何より戦うことを楽しむための場という側面が強いと言えるだろう。

「ＰｖＥは分かりやすいね。勝つことが非常に難しい強力なモンスターも跋扈《ばっこ》するフィールドで力を示せだって」

「こっちは八人までパーティーを組んで参加できるんだね」

「いつも通りのフルパーティーだね。ここで見たモンスターのうち何体かは新たなエリアでも出てきたりして」

「ありそうだね！」

「勝つことが非常に難しいモンスターってことだから、クエストで出てくるようなボスとは一線を画す相手だと思う。貫通攻撃とかバフ消しは当然で、範囲攻撃もバンバン撃ってくるみたいな」

「そうだよね。だって、勝つことが非常に難しいってはっきり言われてるもんね」

ＰｖＥの方は運営側としてもプレイヤーの現在地を把握する意図があるのかもしれないとサリーは語る。どこまでのボスなら撃破されるのか、逆に誰も撃破できないボスとはどのラインなのか。

報酬が約束されているため負けることにリスクがなく、何度でもチャレンジできる状況、その上で難易度の高さも事前に伝えられている。これならどのパーティーも気持ちよく強力なモンスターに挑戦しにいけるというものだ。

「どっちかってことだけど……メイプルはどう？」

「うーん……八人で行くならＰｖＥだよね。ちょうど皆で参加できるし！　ＰｖＰならサリーと一緒にかなあ」

「……皆もメッセージは受け取ってるだろうし。またどこかで聞いてみようか」

「うん！　そうだね！」

「ともあれまだイベントは先のことだし、先に魔王討伐を成功させてから行きたいよね」

「うんうん！　イベントまでに頑張るぞー！　まずは五層エリア！」

そう言ってメッセージが来る前に話していた通り、五層エリアの町へと転移するためギルドホームへと歩いていく。

「…………」

かつて見た夢は今もなお遠く。

大事な言葉をどうにも上手く紡いでくれない口を少し手で押さえて。サリーは先に歩き出したその背中を追うのだった。

七章　防御特化と雲の迷宮。

　二人がやってきたのは五層エリアの雲の中。一度は撤退を余儀なくされたこの場所ではあったが、装備を見直しＨＰを増やしてから来たことで、伸びる雲の槍《やり》の一撃を余裕を持って受けられるようになり、問題なく攻略を進めることができるようになっていた。

　そんな二人は雑魚モンスターを薙《な》ぎ倒《たお》して、前回引き返した地点を越えてより奥へと進む。

　そうしてしばらく、入り組んだ雲の道を抜けた二人の眼前に広がったのは、真っ白な雲でできた建物と他のプレイヤー達の姿。

「一つ目の中間地点ってとこかな」

「リリィも長いダンジョンって言ってたもんね」

「次はここからスタートできるみたい。ほら、ギルドホームからの転移先に登録されてる」

「じゃあ次の町に向けてまた上っていくことになるのかな？」

「多分そう。まあ行ってみないことには正確なところは分からないけど……きっとまだまだ長い道のりだよ」

「気を引き締めていかないと！」

どうやら次の雲の迷宮への入り口は町を通り過ぎた反対側にあるようだ。

二人は中央の道を真っ直ぐ歩いていく中で両側の建物を確認する。

「装備品とかアイテムショップもあるみたい」

「あ、一回見ていかない？　珍しいものも売ってるかも！」

「オッケー、確認してみよっか。一回先に進んじゃうと戻ってくる機会も減りそうだし」

二人は武器防具を扱う店に入っていくと並んでいる装備の詳細を確認する。

「雲の武器……お、スキル付いてる」

「さっきの伸びたやつだよね？」

「そうっぽい。ただ、短剣はないなあ……店売りとは思えないかなりいい武器なんだけど」

素早く伸びた後は元の長さで千切れるため隙もない。サリーなら上手く使えそうだが、長剣と槍しか売っていないとなると諦《あきら》めるしかない。

「雲の鎧《よろい》と盾もあるよ！」

「こっちはほどほどの性能って程度だね。あくまでメインは武器か……」

「出会ったモンスターが持ってたものが並ぶなら短剣もそのうち出てくるかも！」

「可能性はあるね。楽しみにしておこうかな」

「うん！　ねね、アイテムも見に行こうよ！」

「そうだね。この感じだと結構期待できるかも。あんまり見て回ってなかったけど、他の町の装備も確認しておいた方がいいかもなあ」

二人は装備店を出て向かいのアイテムショップへと入っていく。

各種ポーションや瞬間的なダメージ軽減用の高価な結晶など、よく見るいつものラインナップに加えて見慣れないアイテムが交じっている。

「『雲払いの玉』……？　高っ！」

「でも使うと周りの雲のモンスターを消滅させるって書いてあるよ！」

「使わなくても倒せはするけど。んー……貫通攻撃は持ってるんだよなあ」

「念のため一つ持っておく？　ふふふ、私達も結構お金持ちになったし！」

「まあ、アリかな。このアイテムの存在自体が囲まれたりする戦闘の可能性を示唆してるような感じがする。私も一つ買うよ。持ってる方が動けない状況も考慮して、二人とも持っておけば安心」

「うん！　じゃあ買っちゃおう！」

メイプルとサリーは『雲払いの玉』をそれぞれ一つずつ買って、インベントリに大切にしまうと次なる雲の迷宮へと足を踏み出すのだった。

631名前：名無しの弓使い

最近は化物の大量発生が多くってぇ……

632名前：名無しの槍使い
否定できん

633名前：名無しの魔法使い
俺も見た
異常事態でもバグでもないことは分かるが

634名前：名無しの大剣使い
バグのようなもの

635名前：名無しの弓使い
マップの端の方の広い土地にいくと化物湧きがち

636名前：名無しの魔法使い
【再誕の闇】産なんだよなあ

637名前：名無しの槍使い
某大盾使い　私が作りました

638名前：名無しの大盾使い
最近の流行りらしい
レベル上げが楽だとか

639名前：名無しの大剣使い
まああの強さで基本オート攻撃だし
【身捧《ささ》ぐ慈愛】で死なないし……

640名前：名無しの魔法使い
局所的ブーム（一名）
まあそうは言ってもここ数日は見てない気もするが

641名前：名無しの大盾使い

各エリアの探索に力を入れているっぽい
だから多分レベリングは一旦《いったん》後回しになってる

６４２名前：名無しの槍使い
そもそも……レベリングいる？

６４３名前：名無しの魔法使い
もう防御力あげても変わんないよ〜〜

６４４名前：名無しの弓使い
それはね
そう

６４５名前：名無しの大盾使い
ほらレベルが条件になるクエストとかあるから……

６４６名前：名無しの槍使い

そっちは『魔王の魔力』は順調か？

647名前：名無しの大盾使い
まあいい具合だな
必要なら情報共有するぞ
何個かは最後までクリアしてあるし他も進みは悪くないからな
答えられることはあるはずだ

648名前：名無しの弓使い
助かる～～～
六層やってんだっけ？

649名前：名無しの大盾使い
おうそこなら共有できること多いぞ
実体験だからな

650名前：名無しの槍使い

こっちからも分かったことがあったら教えるぞ
間違いなくうちのギルドの方が人は多いからな変なギミックさえ解ければ進める速さは上なはず

651名前：名無しの大盾使い
助かる〜〜

652名前：名無しの弓使い
お互い様なんだよね

653名前：名無しの大剣使い
ささっとメインクエストを済ませてスキル探しもしたいしな

654名前：名無しの槍使い
イベント内容も告知されたしな
そこまでに自分に強化パッチ当てたい

655名前：名無しの魔法使い

【探してます】

一発一億ダメージの魔法

656名前：名無しの槍《やり》使い
そんなもんはない
ない……はず

まずは明確な目標である魔王に向かってそれぞれの探索は続く。流石のボリューム。まだ十層探索は長いのだ。


再度雲の迷宮に足を踏み入れた二人はまさに雲をかき分けながら進んでいた。

「これ武器振れないね。メイプル足元気をつけて」

「うえー、【発毛】使った時の中みたい」

目の前の真っ白な壁をぐいっと手で引っ張ると、裂け目ができてそこに体を滑り込ませていく。

当然そんな入り方をすれば手を離した途端壁は元に戻って二人を圧迫してくる。

サリーの言うように、これでは武器もまともに振れない状態な上、突然雲の中から何かが飛び出てきても対処できるだけのスペースがない。

ここのモンスターは高威力な貫通攻撃を持っていた前例があるため、積極的に使いたい訳ではないものの【身捧ぐ慈愛】は展開済みだ。

その上でダメージを抑えるための【救済の残光】も発動して、ここのところお馴染《なじ》みとなった六枚羽のメイプルの完成である。

ちゃんと両方を使っておかなければならないと思わせる辺り、一筋縄ではいかない敵が増えていることを改めて二人に実感させる。

「今のところ何もないけど……ん？」

遠くから響くゴロゴロという音。それはメイプルもちょうど最近聞いたことがあるような。そんなことを思っていると雪のように真っ白だった辺りの雲が墨を吸ったように真っ黒に変わっていく。

それが示すことは何か、考えるより早くピシャァンと轟音《ごうおん》が響きメイプル達を雷が襲う。

「わあ」

「最近、雷多いね」

「ねー」

雷雲の中に放り込まれているとは思えない会話。嵐の日に家の中で窓の外を眺めてくつろいでいるような雰囲気で二人は歩き続ける。

麻痺《まひ》とスタンに耐性を持ち、ダメージを無効化してしまっている今のメイプルにとって雷は嬉《うれ》しい相手だ。

雷は防御貫通よりは速度と範囲、そして付随する状態異常を重視した作りになっていることが多く、特に気にする必要がないからである。

強いて言えば少々うるさいことが唯一の難点といったところだ。

「何か壁から押されてない？」

「お、押されてるかも。というか纏《まと》わりつかれてるかも！」

「あー……」

前を歩いていたメイプルの姿が雷雲に覆われていく。サリーがスパークの光に目を細めつつメイプルに纏わりついている雲を見ると、小さな丸い目がいくつかあり、複数の雷雲のモンスターなのだと推察できた。

「【悪食】はもう残ってないもんね」

「うん、気にしなくて大丈夫！」

「とりあえず剥《は》がしながら行こう」

「よろしくお願いします」

サリーはメイプルに攻撃を仕掛けている雲をダガーでさくさくと引き剥がしていく。引き剥がす、それ即ち死であるのは仕方がない。

こちらも前に進まなければならないのだ。

「スタンも効かなくなってるし攻略の順番が良かったかもね。カスミにまたお礼言っておこう。あの蛇相手の時はすごい長い戦いになっちゃったし」

「うん。でもお陰でいろんな時に役に立ちそう！」

「五層エリアも雷雲を使った攻撃ってイメージしやすいし、まだまだ効いてくるタイミングありそうだね」

「そんな気がする！」

このモンスターはメイプルが圧倒的に相性の上で有利だ。ダメージを受けないために生じた余裕でもって、敵がＨＰ減少で他の攻撃パターンに移行しないかまでしっかり確認して、安全にこの雷雲地帯を突破する。

「ぷはっ！」

「ふー……んー！　ようやく広いところ出たね！」

ポンっと雷雲から飛び出たメイプルは斜面をコロコロと転がっていき、坂の終わりで停止する。

「ふぃー、歩きにくいところは大変だね」

「メイプルは他の人より歩きやすいと思うけど、っと」

サリーも坂を滑り降りてきて周りを確認する。二人がいる場所は円形の広間になっており、三本の道が伸びている。

ただ、今回はそれぞれの道に分かりやすく特徴があるため、何が待ち受けているかが完全な運任せではなく、選択によってより相性のよい相手を選ぶことができる余地が残っていた。

「こっちはすごい風だね」

「ここは雹《ひょう》が降ってるみたい」

「で、最後は大雨と。さて、どれがいい？」

通路の前に立って奥を見るだけで分かる明らかな違い。おそらく出てくるモンスターにも差があるだろう。

「うーん、氷は……ちょっと嫌かなあ」

「貫通攻撃のイメージあるしね。氷柱とか尖《とが》った氷飛ばしてきたり」

「そうそう！」

「じゃあ暴風か大雨か。どっちがいい？」

「……雨で！　雨だったらノックバックって感じもしないし」

「ちょうど風属性のノックバックを見たところだしね。よし、じゃあそれでいこう！」

二人が選択したのは大雨の通路。雨雲でできた通路は薄暗く、滝のような雨が視界を奪っている。

「せっかくだし傘さしていこうよ！」

「五層の時に買ったやつね」

「まだ持ってる？」

「勿論《もちろん》」

「やった！」

メイプルは全てのパーツが雲でできたふわふわの傘を、サリーは装備と似た青色の傘を取り出して、二人並んで通路へと歩を進める。

「梅雨の時より降ってるねー」

「台風とかそのレベル。風はないけど」

あまりにも雨が強すぎることと、天井から壁、床に至るまで全て灰色の雲でできていることもあって、目の前の道がどこまで続いているかも把握しにくいのが現状だ。

「雨は当たっても大丈夫みたいだし、視界を奪っての攻撃が一番可能性高いかも」

メイプルが傘の外に手を出して雨に打たれてみたものの、ステータスダウン等の影響はなかった。勿論ダメージもない。となると敵がこの雨を有効に使って戦うのだろうが、道は真っ直ぐ前に伸びており、メイプルが大盾をしっかり構えていれば正面からの攻撃はほぼ確実にガードできるだろう。

その想定通り前へ進んでいたメイプルの大盾に、バシャンと音を立てて水の塊がぶつかり弾ける。

「おおっ？」

「何かいるみたいだね。メイプル、とりあえず撃ってみて」

「【砲身展開】【攻撃開始】！」

降り注ぐ雨を遮ってメイプルの放つ真紅のレーザーが通路の奥へと飛んでいく。

「……当たってないかも？」

「手応えなし？」

「うん」

「メイプルの兵器の射程は長い方だから……んー、そうなるとかなりの長射程なのか転移とかで逃げてるのか」

「まあでも盾を構えておけば大丈夫だし！」

「ん。それもそうだね。変に考える必要もないか」

大盾で素直に防がれるような水を飛ばしてくる程度なら、ここまで数多の強敵を倒してきた二人からすれば可愛いものだ。

姿を現すようなら即撃破すればいいと割り切って、再度歩き始める。

時折飛んでくる水の塊はメイプルに防がれて終わり。この雲の迷宮もまだ始まったばかりでたいしたことのない敵もいるのだろうと、順調に歩を進めていたはずの二人だったが、次第に違和感を覚え始める。

「サリー、何だろう……うーん」

「そうだね。言い表しづらいけど、何か起こってる気がする」

それはあくまで違和感でしかない。ただずっと同じところを歩いているような、前すら見えないこの雨がそう感じさせているのかは不明だが、とにかく二人は前に進んでいないような気がし始めたのだ。

「結構歩いたのにずっと直線っていうのも引っかかるし。周りを注意深く確認してみよっか」

「だよね！　一番何かありそうなのは……やっぱりあの水が飛んでくる時？」

「目の付け所はいいと思う。私も何かあるならヒントになるものがあるんじゃないかなって」

まずは何かありそうなところから。二人は急ぎ足で雨の中を駆けていき、メイプルに再び水の塊が着弾したところで立ち止まった。

「この辺りに何かないかな？」

「探してみよう！」

二人で辺りを調べるとそれは案外あっさり見つかった。豪雨に隠された壁の僅《わず》かな亀裂。メイプルがそこをぐっと手で開くと同じように滝のような雨が降り注ぐ別の道が現れる。

「多分ずっと同じところをぐるぐるしてたってことだね」

「雨のせいで全然気づかなかった……」

「でもこれで求められていることも分かったし、壁際と床をチェックしながら行こう。今回は水でヒントを貰《もら》えたけど次もそうとは限らないし」

「うん！　見逃さないようにじっくり見る！」

「傘も正解だったね。これで雨を遮れば見やすくなるし」

「やっぱり雨の日は傘だね！」

「ふふ、そういうことかも」

謎を一つ解き明かして、新たな通路へと進んだ二人はその後も雨の中を適切な道へ移動する。

傘だけでなく【救いの手】に持たせた盾にも雨を遮らせて周りがよく見えるようにしたことで、隠された真の道の早期発見が可能になり、最初に迷った以降の進行は順調そのものだった。

そんな二人はというと、途中休憩用とばかりに設けられた雨の降らない窪《くぼ》みで一旦《いったん》休息をとっていた。

「ふー、モンスターがいないからこの道は結構楽かも」

「飛ばしてくる水の量は増えてるけど、あれが増えてもなあ……」

「全然だいじょーぶ！」

形式上は雨宿り用のスペースになるのだろうが、この雨は待っていても止みそうにはない。

疲れをとりつつ、他愛のない話をする。落ち着いた時間が流れる中、サリーはメイプルに問いかける。

「メイプルはさ、十層はどう？　一つ一つは目新しいものではないけど」

「懐かしい感じ……かなあ。あー、こんなところもあったなあって」

そう言ってこれまでを思い出すように目を閉じて記憶を巡るメイプルはふと何かに気づいたようでふにゃっと笑う。

「ちょっと新鮮かも」

「……懐かしいのに？」

「うん。懐かしいって新鮮な感じ。このゲームでたっくさん思い出ができたんだなあって」

これまでは懐かしむものが残るより先にゲームから離れていたメイプルにとって、幸せな思い出の数々を懐かしむことができること自体が新鮮な経験だったのだ。

「いいね」

「うん。すっごくいい」

「聞きたいな。メイプルの思い出、一つでも多く。私もその『懐かしい』を共有したい」

「えぇー？　うーん……えへへ、サリーも知ってることばっかりかも？」

今もそうであるように二人で行動している時間がその大半を占めている。メイプルの思い出の多くにサリーは登場することだろう。

「それでも。メイプルの口から聞きたいな」

「いいよ！　じゃあまずはねー……」

メイプルが楽しげに語る思い出の数々。話が前後したり、当然オチなどないことがほとんどではある。それでも時折サリーがその時はああだったなどと相槌《あいづち》交じりに返して、これ以上楽しいことなどないというように、二人は話に花を咲かせるのだった。

◆□◆□◆□◆□◆

休憩も終えて、再度雨の中へと戻っていった二人が傘をさして歩き続けること三十分。

「あ！」

「おっ、抜けたね」

ぐいっと雲をかき分けるとその先に広がっていたのは雨の止んだ広い空間。地面には水たまりがいくつかできており、反射してキラキラと光り輝いている。

「メイプル」

「うん。ボスだよね？」

「おそらくね。どこから来るか分からないから気をつけて」

不自然に広い空間にモンスターの一体すら見当たらない。こういうところにはボスが出るとメイプルも今や察することができる。

【身捧《ささ》ぐ慈愛】はあるものの、警戒しつつ二人は空間に足を踏み入れる。

ずずっと地面に確かな揺れを感じたのはその直後だった。

床を構成する雲から勢いよく噴き出る水。染み込んでいた雨水が逆流するようにザバザバと音を立てて飛沫《しぶき》を上げ、空中で止まって形を成していく。

「カエルだ！」

「カエルだね」

五メートルはあるだろう全身水でできた透明なカエル。頭の上にＨＰバーが表示された瞬間、ガバッと口を開けて凄《すさ》まじい勢いで透明な舌が伸びてきた。

薙《な》ぎ払《はら》うように振るわれたそれをサリーは冷静に回避してカエルの方へ距離を詰める。

攻撃に勢いはあったものの距離が開いていたことを活かして、メイプルは大盾をしっかり軌道上に構えてがっしりと舌を受け止める。

「あえ⁉」

バチンと音を立てて盾と衝突した舌は、そのままメイプルをぐるんと巻き込んで一気に持ち上げ収縮する。そう、これはただの水攻撃ではなくあくまで舌だったのだ。

前に飛び出したサリーを追い抜いてメイプルは一飲みにされて透明な体内にふよふよと浮かぶ。

「メイプル！　中から攻撃できる？」

「……！」

メイプルはパクパクと口を動かした後、ぶんぶんと首を横に振る。

「スキルが使えない、インベントリも無理！　合ってる？」

メイプルの様子からサリーが状況を推察して呼びかけると、メイプルは伝わるように大きく頷《うなず》いた。

「ちょっと待って！　急いで色々試してみる！」

飛び跳ねて壁に張り付きながら、舌を伸ばして捕食しようとしてくるボスの攻撃を素早い動きで回避して、【水の道】で泳ぎながら距離を詰める。

「……！」

ボスがぶるぶると体を震わせると地面から鋭く尖《とが》った形をとった水が次々に飛び出し、泳ぐサリーに迫っていく。

それを見てサリーは即座に飛行機械を起動し、【水の道】から飛び出すと空中を自在に飛んで攻撃を避けてボスへと肉薄する。

「【氷結領域】！」

サリーから溢《あふ》れ出た強烈な冷気。それは飛んできていた水だけでなくボスの体すらも一瞬で氷漬けにした。

「水でできてるなら効くでしょ！　【クインタプルスラッシュ】！」

凍りついたボスの体にサリーの高速の連撃が突き刺さる。

ピシ、ピシッと音を立てて大きな亀裂が入ったかと思うとパリィンと高い音と共にボスの体は砕け、中からメイプルが飛び出てくる。

サリーは伸ばした糸で素早くメイプルを回収すると、飛行機械の出力を上げ一気に距離を取る。

「大丈夫だった？」

「ありがとうサリー！　お陰で何とか……消化タイマーっていうのが進んでて」

「うわ。中々怖いね」

「でも倒せたんじゃない？」

「いや……ほら！」

サリーはボスのＨＰゲージが減っていないことに気づいていた。

粉々になったボスの体は足元の雲に吸収されて行き、代わりにあちこちから水でできた小さなカエルがぴょこぴょこと顔を出し飛び跳ねる。

「メイプル！　範囲攻撃お願い！」

「わ、分かった！　【砲身展開】【攻撃開始】！　【古代兵器】！　【滲《にじ》み出《で》る混沌《こんとん》】！」

細かく狙いをつけることなく部屋全体を満遍なく薙ぎ払ったメイプルの攻撃は轟音《ごうおん》の中にはっきりとしたゲコッという鳴き声を響かせた。

「あっ！」

「ヒット！　ＨＰも減った！」

サリーはこれでこのボスの倒し方について確信を得た。まず巨体モードにダメージを与えてバラバラにし、その中から本体と呼べる個体を叩《たた》く。目の前でボスが再度水を呼び寄せて大きな体を形成していくのを見つつ、サリーは分かったことをメイプルに手短に伝える。

「メイプル、乗って。全部避けてあげる」

「任せた！」

「任された！」

邪魔になる盾は一旦しまって、展開した兵器を解除しサリーの背に飛び乗る。

一気に加速したサリーは、ビュンビュンと振り回されるボスの舌を的確に避けていく。その間メイプルは攻撃してボスを分裂させる役割になるが、【機械神】はサリーのバランスを崩しかねないため使えず、毒を生成してしまうスキルはもってのほか。召喚系も【身捧ぐ慈愛】を解除しないと舌の拘束効果がメイプルに吸い寄せられかねない。

となると空中で変形させられる【古代兵器】がベストなわけだが、これも攻撃をするか受けるかして起動用のエネルギーを貯めなければならないという難点がある。

いや、難点があった。

「ふっふっふ！」

「何でも作れる……」

「イズさーん！」

メイプルが取り出したのはベルトのついたドリル。それを襷《たすき》のように体に回して固定する。

そう、勿論《もちろん》ドリルは内側に。

「スイッチオーン！」

回転を始めたドリルは、敵ではなくメイプルに穴を開けようとガリガリと音を立てて回転する。

これまでは無理やり爆弾を並べて自爆することで溜《た》めていたエネルギーもこれならボタン一つ。不安定な足場でも安心の簡単起動。

なんと画期的な発明だろう。

「【古代兵器】！」

ガシャンと音を立てて変形したキューブが細長い数本の筒になって、メイプルの頭上で高速回転を始める。それはガトリングガン。回転に合わせて次々に発射される青い光弾がボスの体を穴だらけにすると、ボスは形を維持できずに崩れ落ちる。

「【反転再誕】【滅殺領域】！」

背中の羽が黒く染まる。生まれたてのぷるぷるの水ガエル達は直後、赤黒いスパークに焼かれて消滅していく。

【機械神】や【古代兵器】とは比べものにならない程効率のいい範囲攻撃は一瞬にして分裂フェーズを終わらせてボスの体を再構築させる。

「エネルギー溜まってまーす！」

「よし、撃てー！」

「【古代兵器】！」

惜しみなく最高峰のスキルを使っての滅殺。いかにボスといえども、『魔王の魔力』を持っているわけでもないただのボス程度ではこの度を過ぎた暴力を受け止め切ることはできなかったのだった。

◆□◆□◆□◆□◆

文字通りの雨蛙を倒した二人はそのまま少し進んだところで二つ目の雲の中の町へと辿《たど》り着《つ》いた。

「また一歩前進だね！」

「うん。道中が楽だったし休憩もとってたから結構余裕を持ってやれたかな」

また迷宮の続きへ足を踏み入れてもいいが、まずは装備店とアイテムショップの確認からだと歩き出したところで他のプレイヤーの話し声が聞こえてきた。

「えっ⁉　お前カエルちっちゃかった？」

「おお、ちょうど俺くらいだから一メートル七十とか？　それでもでかいけど」

「迷った分デカくなんのかな……俺、家みたいなサイズだったぞ」

「いやデカすぎ。こわ……」

「雨由来っぽかったし、そういうのも気にしないとだめかー」

どうやら同じギルド所属らしいプレイヤーがそんな話をしているのが聞こえてきて、二人もさっきのボスの話だと理解する。

「あれそういうことだったんだ……」

「最大サイズだったんじゃない？　迷ったし、めちゃくちゃ喋《しゃべ》ってのんびりしてたし」

「そ、そうかも。次からはもっと急いだ方がいいかな？」

「でもなんだかんだ余裕持って倒せたし自分のペースでいいんじゃない？　飲み込まれた時はちょっとびっくりしたけど……」

「そう、なのかな？」

「そうそう。メイプルはちゃんと強いんだからどっしり構えていけるいける。それに慌てて探索したら次はそこを突かれるかも」

「むむむ、心理戦ってやつだね」

「ゆっくり行くとまずいって聞いたら次は誰でも急ぎたくなるしさ」

「難しいー……けど、うん！　焦ってたら探索も楽しめないよね！」

「そうそう。それに、ちょっと強化されたくらいの敵なら私が何とかするからさ」

「頼りにしてます！」

「そのために技を磨いてるからね。どんどん頼りたまえ」

「はーい！」

「んじゃあ、改めて装備店へ行こっか」

「うん！　面白い装備あるかなー？」

「ふふっ、あるといいね」

ここでしか買えないアイテムがまた店に並んでいるかもしれないと、期待に胸を膨らませつつ、二人は町を歩いていくのだった。


装備品とアイテムを確認した二人は外へと出て、雲のベンチに腰掛ける。

「『雨避けの兜《かぶと》』……」

「せっかくだったらさっき欲しかったよね。また大雨のところあるかなあ？」

文字通り雨が降っていてもそれに当たらなくなる効果を持った兜だが、使い道はかなり限定的だ。

「まあ……今売ってるってことは今後も使い道はあるってことなんじゃない？」

「いざって時に取り出せるように覚えておこっと！」

「それがいいと思う」

五層エリアのボスも一癖ある性能ではあるが、まだまだ倒せない相手という程ではない。

「先は長そうだねー」

「他のエリアと違ってこの雲の中をひたすら上るだけでやることは明確だし、その分ある程度クエストの数は多そう」

五層エリアは途中参加ができないため、ここは最後まで二人で戦い抜く必要がある。

「四層エリアはそのうちまた全員集まって攻略するタイミングが来るだろうし、そこで進捗《しんちょく》確認かなあ」

「六層エリアと八層エリアも進めてくれてるもんね」

「クロムさんの話を聞く分には結構進んでるっぽかったから、もしかしたらそっちが先になるかも……流石に行かないとかなあ」

「その時はまた口の中に入れていくから安心して！」

「そうしようかな……」

【暴虐】には味方輸送の能力もある。かろうじて。本来の用途からは外れるが、視界を確実に塞《ふさ》ぎ、メイプルの防御力の壁の内側に格納できるのは有力なのかもしれない。そう、特に六層エリアへ向かうサリーにとっては。

「この後はどうする？」

「うーん、途中まで進めても町から再開になっちゃうし、多分次の町までは結構かかっちゃうよね」

「そうだね。道中もギミックとか多そうだし、ボスもいるだろうから」

「じゃあここまでかなあ」

「うん。一攻略一フロアって感じで進められればいいんじゃないかな。余裕がある時はもう一つ先の町まで行けばいいし」

「そうしよう！」

「ん、オーケー。今日はこんなところかな」

「またゲームで！」

「その前にリアルで会うけどね」

「それもそっか。じゃあまた明日！」

「うん、また明日」

　今日のところはこれまで。二人は笑顔で手を振るとログアウトして現実世界へ帰っていくのだった。

◆□◆□◆□◆□◆

　ところ変わって八層エリアのギルドホーム。転移してやってきたのは六層エリア攻略中のクロム、マイ、ユイの三人だった。

「お疲れ様ー。どう、そっちは順調かな？」

　三人を出迎えたのは机の上に大きな地図を広げたカナデだった。

「おう。マイとユイが手を貸してくれれば倒せない敵はいないからな。お陰でクエストもガンガン進められる」

「カナデさんはどうですか？」

「私達では力になれそうになかったので……」

「こっちも順調だね。ただどうしても戦闘は発生しそうだから、そこはメイプルとサリーを呼ぼうかなって。どのエリアも楽しんでクリアしたいだろうしさ。あ、六層エリアは例外かな？」

「ここは謎解き要素があるんだったか？」

「うん。二人に説明する時に分かりやすいよう書き起こしてるんだ。簡単に言うと文字を解読して適切な順で海底遺跡を巡る必要があるって感じだね」

「運よく……ってのは無理そうだな」

「そうだね。メイプル程の運があっても厳しいかも」

「それは……」

「すっごく難しそうです」

「遺跡の中でも文字を解読する必要が出てくるだろうし、僕もついていくつもり。まああとは二人次第ってとこかな」

「メイプル達は五層エリアだったか？」

「カスミさんを手伝ったあとは……雲の迷宮に行っているはずです」

「じゃああとは最終戦闘前まで辿り着けたエリアから順にってことになるかな」

「おう。いよいよ大詰めってとこだな」

「ふふっ、まだまだ倒さないといけない敵はいるし、皆次第ではあるけどさ」

そうは言うものの、カナデは【楓《かえで》の木】の勝利を疑ってはいないようだ。

人数は少ないながらも、メイプルとサリーの目標である魔王討伐に向けて、全速力で向かっていく【楓の木】なのだった。

八章　防御特化と武者。

それぞれが攻略を進めていく中、最初に『魔王の魔力』まで辿り着いたのはカスミが攻略していた四層エリアだった。

『魔王の魔力・Ⅲ』が報酬になったクエストが発生したとのメッセージが届き、【楓の木】の面々で予定を整えて決行日を決める。

そしてその当日。八人はギルドホームに集まって挑戦前の下準備を始める。

「四層エリアが一番乗りだったか。先を越されちまったな」

「私自身楽しく探索できていたからな。一日にこなしたクエストの数も多かったかもしれない」

「四層エリアはカスミで適任だったね。僕らよりも四層の頃の経験を活かせる部分も多いだろうし」

「一応情報はもう出ているのよね？」

「ああ。流石に基本はクエスト達成で進んでいく方式なだけあって、大規模ギルドの速度には勝てないからな。しっかり活用するつもりだ」

ここで【楓の木】に黒星をつけたくはない。負けるわけにはいかないため、ネット上にある情報はきっちり使うと決めていた。

「今回の攻めのキーマンもマイとユイになるから頑張ってね」

「はいっ……！」

「任せてください！」

「よーし！　みんなでボスの情報を確認して細かい作戦を立てよう！」

八人であれば取れる選択肢は多い。メイプルとクロムの防御にマイとユイの攻撃。残りの四人のスキルの幅が潤滑油の役割を果たして、全員を一つのパーティーとして完成させる。

「ではいくぞ、まずボスの攻撃パターンだが……」

こうしてボスの息の根を確実に止めるため、作戦が上手くいかなかった時のサブプランまで考えて、八人は四層エリアの終着点である大ボスに挑むことにするのだった。


クエストを受けられるのがカスミであるため、カスミを先頭に四層エリアの町を移動する。

そうしてやってきたのは町の中央で一際目立つ塔。四層の時を踏襲して、ここにクエストを出しているこの町の長がいるのだ。

「私は何度かここでクエストを受けているが、皆は会うのは初めてだろうな」

カツカツと音を立てて階段を上り、最上階へと行くとカスミは目の前の襖《ふすま》を開ける。

「来たか。最後の依頼を受ける準備は整ったか？」

腰に立派な刀を携え、全身鎧《よろい》に兜、面頬をつけ、目元からは紫の炎が揺らめく一人の将。表情一つ分かりはしないが、低く響く声と佇まいから感じる形容し難い威圧感が、この空間に緊張感と張り詰めた空気をもたらしていた。

「ああ。その依頼、私が受けよう」

「異界に閉じ込めてはいるが、あの炎は強大だ。もうじきに溢《あふ》れ出すだろう、時間はない」

「……」

「ここまでの功を信じて任せる。良い報告を持って戻れ」

それだけ言うと男はカスミに向けてクエストを出す。『厄災呼ぶ獄炎』と名付けられたクエストでは魔王の魔力を持った怪物が封じられた異界の探索と、根源であるボスの討伐が命じられている。

話の内容からもやるべきことは単純明快だ。中へ入ってボスを叩《たた》く。複雑なことは何もない。

「さて、かなりの強敵になる。情報を持っていてもな」

「っし、集中していくぞ」

「そうね。最後に手順を再確認しておきましょうか」

「ちょっと緊張してきました……」

「頑張ろうお姉ちゃん！」

「僕らもそうだけど、二人の立ち回りが特に大事だからね。頑張って」

「移動はイズさんにお願いしよう。特にスキルとかも使わないし」

「皆、頑張ろー！」

三つ目の『魔王の魔力』を手に入れるため、メイプル達は四層エリアの町を出発するのだった。

◆□◆□◆□◆□◆

クエストを受けて、フィールドを移動し、実体化した燃える紫の炎の向こうの大きな扉を開けると異界が広がっている。

炎上する和の町並みの中央、長く伸びる石畳の道の上に立っていたメイプル達は遠く常夜の空に煌々《こうこう》と赤く燃える高い塔を見据える。

その真下がボスのいる場所、最終決戦のフィールドだ。

「【身捧《ささ》ぐ慈愛】【救済の残光】！」

メイプルはボスのいる異界へ入るとすぐに二種類の防御フィールドを展開する。

道中の敵の攻撃手段の多くは炎が絡むもの。当然攻撃範囲も広く、【身捧ぐ慈愛】なしではマイとユイが突然死しかねない。

「……早速来たぞ！」

カスミの言葉に全員が空を見上げる。そこでは燃え盛る町から放たれた数えきれない数の火矢が、メイプル達に向かってくるのが夜の空にくっきりと見てとれた。

メイプルは急いで盾を下ろして【悪食】の使用回数を温存すると、降り注ぐ火矢が与えるはずだったダメージを全て無効化して炎の海の中を何事もなかったかのように歩き始める。

休む暇を与えないように降り注ぎ続ける火矢と着弾点から広がる炎は、普通であれば相当対処が難しいものだ。

これ一つ無効化できるだけでもメイプルの存在価値は計り知れない。

「ずっと降ってきてるから範囲外には出ないでね！」

「「はいっ！」」

一歩庇護《ひご》下から踏み出せば足元の炎で即死することになるマイとユイは、ピタリとメイプルの隣について移動することに決めている。

そんな八人に対し、目の前に続く石畳の道に距離をあけて二体の弓兵が出現する。

それらは背丈以上の燃え盛る大きな弓を引き絞ると強烈な一射を放った。

「大丈夫」

「任せろ！」

構えていたのはサリーとクロム。事前情報で防御貫通攻撃であることを知っていたこの矢はメイプルには受けさせられない。

サリーはダガーで、クロムは大盾で、それぞれ勢いよく迫る矢をブロックする。

「「こっちは任せてください！」」

前に意識を割いた瞬間にメイプル達を囲むように飛び出してきた侍達。血濡《ちぬ》れの刀に発火した体、近づくものに炎によるカウンターを行う上、かなりのＨＰを持つタフなモンスター。

ただ、タフといってもそれは普通のプレイヤー基準の話だ。

「「やぁぁっ！」」

飛び出してくると知っていたマイとユイが最速で大槌《おおつち》を合わせる。

鉄塊は鎧を砕き、侍達を容易く黄泉へと送っていく。ただ、接近を許せば侍も貫通攻撃を持っている。四層エリアのボスが待ち構える異界なだけあって甘えは許されない。道中のモンスターの強さもこれまでとは数段違ってくる。

「ゆっくり距離を詰めるぞ」

「はい」

絶えず発射される貫通効果を持った矢。侍の接近からの一撃。特殊な防御機構を擁する【楓の木】にとってこれが道中の負け筋だ。

正面からの矢はクロムとサリー、侍はマイとユイを中心に対応する。カスミはサリーとクロムが万が一ミスをした時に備えつつ、【一ノ太刀・陽炎】の瞬間移動を活かしてマイとユイの大槌による殲滅《せんめつ》ラインをすり抜けてきた敵を即時足止めする役割だ。

そこに常に回復とダメージカットを意識して、最終防衛ラインとなるイズとカナデのバックラインを加え、それぞれが役割を遂行すれば多少のミスが出たとしても不可逆のリソースを使わされることなく道中を突破できる布陣が完成した。

これが事前に情報を得て、勝つために組み上げた【楓《かえで》の木】における最適解。

決して油断はせず、八人はまだ遠くに見える燃え盛る塔まで着実に歩みを進めるのだった。

ボスの元へ近づけば近づくほど、空から降る火矢は密度を増していく。

【楓の木】にとってそれは問題ないのだが、同様に増えた侍の数と正面からの矢の数はそうはいかない。

「【一ノ太刀・陽炎】！」

「ありがとうございます！」

「すみません……！」

「こっち僕らが見るよ！」

「バリケードで時間を作るわ！」

一度にすり抜けた侍の数は数体程度、ここは落ち着いてカスミ、カナデ、イズを中心にほんの一瞬時間を稼ぐ。

敵の攻撃を一回防げば、足を数秒止めさせれば、死を意味する大槌が追いつく。あくまで無理に倒そうとする必要はないのだ。

敵の数が増えることも知っていたため、慌てることなく対処に成功していた。

「すげえな……」

前方ではクロムが飛んでくる防御貫通矢を的確に盾で受け止めながらちらっと隣を見て感嘆する。

大盾で受け止めるのとダガーで弾くのでは訳が違う。最初は同じ大盾使いであるメイプルにこの役目を任せる予定だったが、サリーの自信とメイプルからの信頼を根拠に矢の防御役にはサリーが配置された。

危なげなく完璧《かんぺき》に矢を叩き落とす。それが当然のことであるかのように。これならメイプル以上に安全に防御できていると言っても過言ではない。

事実サリーにとっては当然のことなのだろうとクロムは自分が受け持つ分の矢を防御することに徹する。より高難度なことをこなしているサリーがいる中で自分がミスをする訳にはいかないのだ。

「皆！　頑張って！」

メイプルはポーションを手に持って万が一の時の回復を意識しつつ、火矢に破壊されてしまうために使えない【機械神】の代わりに【古代兵器】を構えて全体を見ながら真っ直ぐ歩く。

メイプルにとって最も大事なことは死なないことだ。メイプルが死ねば火矢の雨が本来の脅威度でもって襲いかかってくる。それは到底許容できるものではない。

自分もまた大きな影響を与えている側であることを認識しつつ、全員を守る防護フィールドを張り続けるのだった。

「【古代兵器】！」

じりじりと距離を詰め、遠くに見えていた弓兵を射程内に捉《とら》えたところで火矢を数えきれない程受けて溜《た》まったエネルギーを解放する。

メイプル達と違い防御を担当する者がいない弓兵達に向けて、長射程のスナイパーライフルが光弾を発射する。

着弾の衝撃でよろけた弓兵に続く攻撃が襲いかかったことで、正面からのプレッシャーがなくなり、メイプル達はより速いペースで前へと詰める。それは【古代兵器】の変形先で兵装を長射程のスナイパーライフルから、連射力に優れたガトリングガンに変化させるため。

「【古代兵器】！」

プレイヤーを苦しめるための火矢と延焼を無尽蔵のエネルギー源にして、メイプルは弓を構える隙すら与えず、頭上のガトリングから放たれる大量の青い光弾で石畳ごと前方を破壊しつくした。

侍程とはいかないが十分高いＨＰを持っていたはずの弓兵も、途切れることのない弾幕には耐え切れず、一人また一人と倒れ伏しメイプル達に道を明け渡すこととなった。

「っし、着いたか！」

「そうみたいですね。侍も消えたので」

道を切り開いた八人はちょうどこの町の中央までやってきた。そこは東西南北から伸びる大通りが交わる地点、左右の建物の陰から飛び出してきていた侍も消え、雨のような火矢も一旦《いったん》収まった。

されどボスの居場所を示す高い塔は未だ遠く、それでも着いたと言ったのには理由があった。

ガシャアンと音を立てて、燃え盛り崩れかけていた建物が崩落し、大きな炎が壁となって四方の道ごと周囲を区切る。

十分なだけの戦闘空間が出来上がったのち、聞こえてきたのは馬のいななきと勢いよく駆ける足音。

「通すわけにはいかぬ」

燃え盛る炎の壁を貫いて飛び込んできたのは炎そのものでできた大きな馬、そしてその上に乗った鎧《よろい》武者。男は長い槍《やり》を一振りするとその先端を発火させて、それで焼き尽くすとばかりに八人を睨《にら》みつける。

相対するはボス前の門番。ここを抜けられないようでは『魔王の魔力』を手に入れる資格などない。

「プラン通り行きます！」

サリーが一声かけて飛び出して、鎧武者に魔法を直撃させる。それはダメージを狙ったものではなくサリーに注意を向けさせるためのもの。

振るわれる槍は当然のように防御貫通効果を搭載済み、【身捧ぐ慈愛】の範囲内でも受けるわけにはいかない攻撃だ。

人間業とは思えない高速の三連突きを素早く躱《かわ》して鎧武者に背を向けさせる。

槍程度なら銃弾や雷を避けるサリーにとって対処は容易だ。

サリーの役割はダメージを与えることではない。マイとユイの攻撃する隙を作ること、ただそれだけだ。

「「【ダブルインパクト】！」」

二人の振り下ろした十六の鉄塊が馬ごと鎧武者を粉々にせんとしたまさにその瞬間。馬は大きくいななき主たる鎧武者諸共産み出した火柱の中に飲み込んでいく。

振り下ろした大槌がそのまま地面を叩《たた》きつける感覚に、マイとユイは予定外の事態が起こったことを把握した。

それと同時、メイプル達の背後の炎の壁がゆらめき、凄《すさ》まじい勢いで飛び出した馬の上で鎧武者は槍を構えてそのまま突進する。

全員を轢《ひ》き潰《つぶ》す勢いで迫る敵の姿に、真っ先に反応したのはクロムだった。

「【カバームーブ】【カバー】！」

スキルで素早く位置を入れ替えて重い突きからの薙《な》ぎ払《はら》いを正確にガードし、誰にもダメージを入れさせない。

「【トルネード】！」

「【砲身展開】【攻撃開始】！」

カナデは魔法で、メイプルはレーザーで鎧武者を攻撃する。それは確かなダメージを与えるものの撃破には遠く及ばず、鎧武者は馬に指示を出し炎の軌跡を残して再突進のために炎の壁の向こうへと消えていく。

「本来のプラン通りには行かないものね……！」

「「すみません……」」

「気にすることはない。その状態で加減はできないからな」

既に情報があったとはいえそれはまだ完璧ではない。特に同じ条件下の試行回数が限りなく少ない、もしくはない事象に関しては未解明なこともあるだろう。

マイとユイ程の破壊力を持った攻撃はそうはない。それも別のボスが先に控えている上で、その手前でクールタイムの長い強力なスキルを使って大ダメージを出しにいくプレイヤーもいない。このタイミングでの超火力は普通あり得ない。

だからこそ、予想されるダメージ量が多い場合の転移による回避は未確認のものだったのだ。

ただ、しっかりと作戦を練ってきたのは本当だ。予定していたマイユイ一撃必殺ルートとはいかなかったが、それならそれでできることはある。

「「【クイックチェンジ】！」」

マイとユイは装備を変更すると【救いの手】を全て外し最低限の装備に変更する。

「ツキミ、【覚醒《かくせい》】……！」

「ユキミ！　【覚醒】！」

相棒を呼び出して下準備をしているうちに敵は炎を纏《まと》って突進を仕掛けてくる。

「こんな使い方もあるものなのね！」

イズは取り出した青紫のポーションをマイとユイに投げつける。

それは低い音と共に絡みつくような青紫のエフェクトを出して、マイとユイに何らかの影響を与えた。

「ツキミ！」

「ユキミ！」

「「【パワーシェア】！」」

「【カバー】！」

クロムが先程と同じように槍を受け止める。その横をツキミとユキミに乗った二人が飛び出して、横薙《よこな》ぎに大槌を振るった。

ガゴンと大きな音が鳴って、鎧武者の体から凄まじい量のダメージエフェクトが発生する。

「やった！」

「上手く……いきました！」

武装を解除し、イズから本来敵に使うための【ＳＴＲ】低下のデバフポーションをもらって、【パワーシェア】でテイムモンスターとステータスを分け合って過剰な【ＳＴＲ】を流し込む。

三重の弱体化を施すことで敵のダメージ無効化ラインを下回り、転移による回避を防ぐ。これでもなお、フルバフのカスミやサリーに見劣りしない破壊力を出せるのだ。

抜け道を上手く利用して、重い攻撃を叩き込んだところにカスミとサリーが追撃に入る。

ダメージでよろけた敵など格好の的だ。

「【武者の腕】【四ノ太刀・旋風】！」

「【クインタプルスラッシュ】」

「【攻撃開始】【古代兵器】！」

「【ハイドロレーザー】」

カスミとサリーの連撃に後方からメイプルとカナデが合わせる。

上半身を吹き飛ばす赤と青のレーザーに、馬の首から鎧武者の胴まで貫いて抜けていく強烈な水魔法。それでも倒れず周りの敵を蹴散《けち》らすために薙ぎ払うように振るわれた槍は、既に全員の頭にインプット済みだ。

最初に攻撃を入れたマイとユイは距離をとっており、カスミとサリーは飛行機械で浮き上がり回避する。突進を防ぐため前に出ていたクロムは、そのまま大盾で薙ぎ払いを受けると【挑発】によって鎧武者の注意を引きつけた。

脅威度の低いクロムにボスの注意が集中すれば、全てのダメージディーラーがフリーになる。

槍の範囲から外れるために飛行機械で飛んだマイとユイも合わせて、サリー達四人は武器を構えて鎧武者を強襲する。

「「【ダブルインパクト】！」」

「【ピンポイントアタック】」

「【一ノ太刀・陽炎】！」

上を取って与えた大ダメージはそれぞれ体に深い傷をつけ、跨《また》がっていた炎の馬の姿が揺らぎ、鎧武者は地面に転げ落ちる。

「何と、いう……無念……」

転げ落ちた鎧武者はもう一度立ち上がることはなく、馬と共にパリンと音を立てて光となって消えていく。

それと同時に四人を囲んでいた炎の壁も火の勢いを失っていき、やがて元通り真っ直ぐに伸びる石畳の道が見えるようになった。

「ふー、マイとユイのデバフは抜いてから行かないとな」

「そうだな。また侍も出る、万全な状態の方がいい」

「装備も戻してから行きましょう。流石に二人の大槌《おおつち》は八本欲しいです」

「ちゃんとまた火矢も降ってきたね。これに固定ダメージとかがなくて本当によかった」

「デバフ解除用のアイテムもあるから安心してね……はい、これを使えば大丈夫よ」

「「ありがとうございます！」」

「よーし！　準備ができたら出発しよう！」

予定していた手順と全く同じとはいかなかったが、中ボスの鎧武者は無事撃破できた。

しかし、これから戦うボスは事前に情報を見た上で楽に倒せる相手でないことが分かっている。大事なところでミスをすることがないように、そして想定外のことが起こった時にすぐに察知して対応できるように、夥《おびただ》しい量の火矢が完全に無力化されている特異な現状を活かして、ボス戦のための細かい動きを再確認するメイプル達なのだった。

◆□◆□◆□◆□◆

中ボスを倒した後、再度始まった侍の強襲と弓兵の狙撃、降り注ぐ火矢の雨の三種コンボは強度を増していた。

放たれる矢は当然のように謎の技術で二連射となり、侍の数は増えた上に【STR】【AGI】が増加。火矢もダメージが上がっている。

それでも、メイプル達は負けなかった。そもそも知った上でここに来ているのだから、こんなものに負けるわけがないといえば、それも当たり前のことではあるのだが。

マイとユイの圧倒的攻撃力とメイプルの圧倒的防御力を中心に据えて、他のプレイヤー達の多くが駆け抜けることを選択する道中を真正面からすり潰して乗り越えていく。

出力の暴力は苛烈《かれつ》な四層エリアボスダンジョンでもなお健在だった。

そうして、メイプル達はついに辿《たど》り着《つ》く。目の前には炎上する塔が高く聳《そび》え、辺りには砂利の敷き詰められた広い空間が用意されている。それは間違いなくボス戦のためのスペースだった。目印としてきた塔の上には一人の高身長の男が立っているのが分かる。

男は全身に炎を纏《まと》ったまま跳躍すると八人の前に降り立った。

鎧や兜《かぶと》を身に着けているとは思えない身軽さで歩いてきた男は、両の手のひらからそれぞれ赤と青の炎を迸《ほとばし》らせる。それはメイプル達を襲うことなく一定の長さで止まると、そのまま赤と青の炎を纏った二本の太刀となった。

「我が炎は今日を待ち侘《わ》《ま》びた……邪魔をするならば死んでもらおう」

ザッと音を立てて、武者が一歩前へと踏み出すと同時、背後の塔が崩れ落ち炎混じりの砂煙が吹き付ける。

それが開戦の合図となった。

砂煙に紛れて強く踏み込んで、勢いよく距離を詰めてきたところに合わせたのは今回はクロムではない。

「【竜炎槍】!」

ダガーの代わりにリーチに優れた二槍流を選択し、炎の槍を両手に持ってサリーが飛び出す。

【超加速】でも使っているかのような速度の武者とサリーが衝突し、砂煙の中ぶつかり合った槍と太刀の炎が爆ぜる。

目で追うのがやっとの武者の攻撃をサリーは的確に捌《さば》くが、武者もまたサリーのカウンターは通さない。

道中の侍ですら持っていた通り、当然ボスも貫通攻撃がデフォルトだ。速度で劣り一方的に攻撃を受けるしかないクロムでは相性が悪い。

【楓《かえで》の木】には第三の盾がいる。それも、今日に至るまでその強度を上げ続けた盾が。

「…………」

敵は確かに速く強いが、集中したサリーはこの剣戟を完璧《かんぺき》に成立させる。

息の詰まるようなやり取りの中、サリーが待つのは敵の大振りな一撃だ。

一定間隔で来る二本の太刀を合わせるようにして振るう、直線上に固定ダメージを与える炎上領域を生成しながらの範囲高火力攻撃。

大技であるが故にそれは唯一の隙にもなっている。このタイミングでなければまともにダメージが通らないのだ。

サリーは武者の動きをじっと見つめ、大技の予備動作を素早く察知すると声を張り上げた。

「マイ！」

呼びかけに合わせて、メイプル達は飛行機械を使って素早く移動する。

事前に作戦を立てていたからこそ、サリーの意図を全員が正確に把握でき、斜め前に移動することで踏み込みながらボスの放った炎の波を完璧なタイミングで回避した。

踏み込んだことで距離も詰まる。

マイが攻撃のため飛び込んでくると分かっているサリーは、武者の注意を引いたまま、スライディングで振り下ろされる太刀の下を抜けて背後へ回り、マイに背を向けさせる。

最も攻撃時間が短く隙が少ないのはマイとユイになる。通常攻撃ただ一振りで他の人間のスキル使用を上回れるからだ。

故にほんの一瞬背中を向けさせただけで、十分な時間になるのである。

「やあっ！」

ダメージを出しすぎないよう、中ボス戦同様イズからデバフをもらって、装備を外し【パワーシェア】で威力を落とす。

人型故狙い所が小さく、マイとユイの同時攻撃は難しいものの、重い一撃は確かに武者のＨＰを削り取った。

ただ、ダメージを与えるということは一時的に攻撃がマイに向くということでもある。クロムですら捌ききるのは難しいとして作戦を立てたのだから、マイに対処できるはずはない。

「【カバー】！」

「ここは任せろ！」

クロムとカスミが二人で武者の前に立ちはだかる。それぞれが刀一本に絞って防御すれば、飛行機械を使える十層であるなら、マイが安全に引くための時間は稼げる。

「引き受けます！」

サリーが武者に追いついて、マイがしたように背中に連撃を加える。クロム、カスミは攻撃せず防御にとどめておき、残りの面々もメイプルの庇護《ひご》下で、戦況を自分達のコントロール下に置き続けられるようじっと待っていれば、サリーの元にボスのヘイトは向いていく。

下手に全員で攻撃して急いで切り抜けようとするのではなく、サリーに序盤のゲームメイクを託したのだ。

「もっとやろう。こっち向きなよ」

剣戟の最中、回避によって溜《た》まった【剣ノ舞】のスタックが【ＳＴＲ】を限界まで引き上げて、武者へのダメージを引き上げる。

限界まで弱体化をかけたマイと、限界まで強化されたサリーなら、手数の分も考慮すればいい勝負ができる。

「来るぞ！　クロム！」

「【マルチカバー】！」

「【大規模魔法障壁】！」

「フェイ、【アイテム強化】！」

サリーにダメージを与えさせるためには大技を撃たせて隙を生ませなければならない。

クロムが前に立ちメイプルの【身捧《ささ》ぐ慈愛】の上からさらにダメージ適用先を自分に移す。

カナデの障壁、イズのダメージカットアイテム、メイプルの【救済の残光】のダメージカットをその上にさらに乗せてクロムは攻撃を受け止める。地面に広がる炎上エリアからは素早く避難することでダメージも最小限に抑える。

イズはフェイに強化させたアイテムで回復の霧を発生させて炎上エリア上で減ってしまったＨＰも素早く元に戻して立て直す。

そしてサリーは自分の役割を全うする。

「【水纏】【トリプルスラッシュ】！」

叩《たた》き込まれた連撃。そのダメージは武者の連撃をなんとか防いでいるカスミとクロムから、バトンを受け取るのに十分な量だった。

燃える太刀で最後にクロムを薙《な》いで武者が振り返る。そこにいるのは燃える槍を持った修羅だ。互いにまともに敵にダメージを与えさせない絶技の持ち主。どこよりも激しく、されど一切のダメージエフェクトの発生しない斬り合いが再度始まるのだった。


二人の怪物が美しいとも思えるほどの完璧な弾きでもって剣戟を繰り広げる。

サリーが対処している間は、残る全員で大技を受けようとしている時より安全という、ステータスと人数からは考えづらい戦況。

マイの最後の一撃と共に武者のＨＰが一定値以下になったことを確認し、サリーは求められていたゲームメイクを完遂したと七人の元へ戻っていく。

マイの一撃を受けた直後飛び上がった武者は、地面に向かって生み出した火球を投げつけ、エリア全体に視界を覆い尽くすような炎を巻き起こす。本来なら無敵スキルで対処するか上空へ避難するかなのだが、ここはメイプルの【身捧ぐ慈愛】が効力を発揮し、その場で立っているだけでも問題ない。

ただ、せっかくの貴重な時間を無駄遣いはしない。この間にメイプル達は一部装備と陣形を見直して次の攻撃に備える。

「ここからは頼んだよ」

「うん！」

サリーの最も重要な役割はここまでのボスとの一対一だ。行動パターンが変わったタイミングで、役割は間を埋める潤滑油程度のものになる。ここからは武者が攻撃を弾く頻度が緩和される代わりに、連打される大技をスキルで返すフェーズに入っていく。そうなると一対一特化のサリーにできることは少なくなってしまうのだ。

地面を焦がす業火が収まった時、武者は炎を纏った状態で空に浮かんでいた。武者が太刀を構えると、両側にそれぞれ赤と青の炎でできた巨大な刀が顕現する。

先程まで二刀で行われていた、地面を燃やしながら固定ダメージを与える大技は、この刀によって勝手に行われる。複数人で巻き込まれればメイプルのＨＰもごっそりなくなってしまうだろう。

「乗って！」

「「はいっ！」」

イズが元のサイズに戻した飛行機械。装甲車のようなそれの上には、【救いの手】に一本、自分の手に一本の大槌を持ったマイとユイ。ツキミとユキミは中に乗せて空中へと急発進する。

二人のステータスであれば振り落とされないようにすることなど容易だ。

ツキミとユキミには飛行機械がない。こうしなければ必要なタイミングで【パワーシェア】の範囲内に入れられないのだ。

「練習したハンドル捌きを見せてあげるわ！」三層エリア攻略後もそこで飛行機械をいじりつづけていたイズは今日のために一部装甲とほぼ全ての攻撃兵装を外し、その分速度アップと機体制御に振り切ったカスタムを施してここにやってきた。

一人で探索する時と違ってダメージを出すのは他の人が担当してくれる。イズの役割は飛び回る武者についていきながら、マイとユイが攻撃できるよう距離感を維持することだ。

最後に攻撃していたマイに向かって、武者が炎の尾を引きながら飛んでくる。マイは緊張した面持ちではあるものの、近づかれたとしてやることは一つだけだと、【巨人の業】によるカウンターだけを意識してイズの操縦を信じた。

操縦席では凄《すさ》まじい速度で迫る武者と、振り下ろされる刀を形取った二本の火柱そのものをガラス越しに確認し、ハンドルを切るイズの姿があった。

「さあやるわよ！」

飛行能力を手に入れただけのメイプル達と限界までカスタムしたイズでは飛行機械の性能はまるで違う。

火柱を避けて武者の必要以上の接近も許さず、マイとユイが【救いの手】に持たせた大槌《おおつち》でなら攻撃できる距離を維持する。

「【血刀】！」

「【古代兵器】！」

「【ハイドロレーザー】！」

三者三様の地面からの攻撃が武者のパリィを誘発し、防がれこそするものの本命の攻撃への道を作る。

「ツキミ！」

「ユキミ！」

「「【パワーシェア】！」」

【救いの手】によって確保した射程を活かし、空中の相手を叩き落とす。

これで終われば楽ではあるが、そうはいかないと分かっているため、この一戦のためにここまで入念に準備をしてきているのだ。

武者が地面に激突し舞う砂煙の中、ただでは済まさぬとばかりに空に展開される赤い魔法陣。

「クロムさん！」

「【守護者】【精霊の光】！」

サリーの声を聞くのとほぼ同時、クロムも迷いなくスキルを発動させていた。

再度メイプルの【身捧ぐ慈愛】の上から自分にダメージの適用先を移し替えると、そのまま無敵になることで敵の攻撃を無効化する。

空から降ってきたのはサリーが手に持っているのとは比べ物にならない、武者の後ろに建っていた塔ほどの大きさの槍だった。全員が避けたことでそれが地面に直撃すると同時に、辺りを爆炎で包みながら逃げ場のない炎の渦を発生させる。

クロムは強力なスキルコンボによってこの攻撃から全員を守り切るとメイプルに声をかける。

「次は頼んだぞ、メイプル！」

「はいっ！」

敵の攻撃がどういったものか分かっているからこそできる、無駄のない完璧な対応。

次の攻撃を防ぐのは今回はしっかりとクロムを待ってスキルを温存したメイプルの役目だ。

クロムが上手くやると信じていたメイプル達は、ボスが動き出したタイミングですぐに攻撃を合わせる。

積み上がるダメージは武者のＨＰを確実に削っていた。

「マイちゃん、ユイちゃん、この調子で頑張って！」

「「はいっ！」」

「私も守ってあげてるからー！」

飛行機械の中からはイズが、地上からはメイプルが声をかける。攻撃を受けてしまったとしてもメイプルが代わりにダメージを受けるためマイとユイは倒されない。【不屈の守護者】があるうちは一度のミスなら立て直せる。

頼もしいバックアップがあることを認識しつつ、マイとユイは落ち着いて武器を握り直す。

重い一撃でダメージを与える以外に二人にはやるべきことが、いや二人にしかできないことが一つあるのだ。

減っていく武者のＨＰを見つつ、集中しながらその時を待つ。

「「……！」」

目まぐるしい戦闘の最中、マイとユイは舞い散る炎の向こうに、武者が持つ二本の太刀が炎と共に虚空へ消え、代わりに一本の大太刀となったのを確かに見た。

それは必殺の一撃の前兆。二人が決して見逃さないようじっと待っていた瞬間だ。

「「【クイックチェンジ】！」」

頭上で聞こえた二人の声にイズは即座に操縦席のボタンを叩きセットされていたアイテムを使用する。それはデバフを解除する効果を持ったクリスタル。即ち戦闘用に自ら制限したマイとユイの攻撃力を元に戻す一手だ。

装備を変更したマイとユイがそれぞれ八本の大槌を振りかぶる。

武者が鞘《さや》から抜き放った大太刀が凄まじい炎を噴き上げ、衝撃波を伴う超広範囲の斬撃となって前方に放たれ、空間ごと抉《えぐ》るような勢いで八人を抹消せんとする。

「「【巨人の業】！」」

暴力には暴力を。理外の一撃には同じく理外の一撃を。枷《かせ》を外したマイとユイの膂力《りょりょく》によって振るわれた大槌は武者の斬撃と衝突し、凄まじいエフェクトと轟音《ごうおん》を発生させながら、それを跳ね返す。

「流石ね！　期待通りよ！」

「よしっ、えっと……ここからは……！」

「よろしくお願いします！」

マイとユイにとって重要な仕事はこれが最後。あとは作戦通り他のメンバーに託したと、上手くいってほっとした様子で地上に声をかけるのだった。

マイとユイが託した段階で武者のＨＰは残り三分の一程度。

跳ね返された炎の中から立ち上がり再度二刀流に切り替えた武者が刀を地面に突き立てると、地中より溢《あふ》れた炎がバフをかけるように武者の体を包んでいく。それを合図にして、メイプルはスキルを発動した。

「【イージス】！」

展開されたのは攻撃全てを無効化する輝くドーム。その直後、瞬間移動と言っていい程の速さで駆け回った武者により放たれた、空間を埋め尽くす程の数の剣閃。【イージス】は受ければ致命傷といえるそれを全て無効化して、メイプル達を生き残らせる。知っているからこそ可能な先置きの無敵スキルにより敵の逆転の一手を潰《つぶ》したメイプルだったが、武者もそのまま倒れるつもりはない。

変わらず高速移動を続ける武者は、目の端に残像が一瞬映る程度で、最早どんな魔法もまともに当たりはしない。

「カスミ！　お願いっ！」

「【心眼】【戦場の修羅】！」

【心眼】がサリーの予測と明確に違う点。それは僅《わず》かな気配すらない少し先の未来の攻撃の放たれる場所が正確に分かるということだ。

「【一ノ太刀・陽炎】！」

高速移動を続ける武者は攻撃の瞬間、そこに止まり刀を振るうため見えるようになる。事前に把握し、同じ瞬間移動を武器とするカスミだけはそこに一切のタイムラグなく追いつけるのだ。【戦場の修羅】の効果でクールタイムが大幅に短縮されていることを活かし、【心眼】の連続使用で敵の位置を未来視して、【一ノ太刀・陽炎】で斬り返す。

カスミと武者、二人きりの高速戦闘についていけるプレイヤーはいない。

二人の勝敗を分けたのは繰り出す斬撃の位置が正確に分かっているかいないか、ただそれだけだった。

「【一ノ太刀・陽炎】！」

武者の攻撃を受け止めながら、首元にカスミの刀が深い傷を残す。ＨＰは残り一割。一度膝《ひざ》をついた武者は足に力を込め、最後の攻撃に打って出ようと跳躍し距離を取った。

時間こそ短くはあったものの息の詰まるような攻防。【戦場の修羅】のデメリットで全てのスキルがクールタイムに入り、カスミは刀を鞘に収める。

それはカスミもまた自分の役割を全うしたことを示していた。

距離を取った武者はマイとユイに振るったものよりもさらに大きい大太刀を構える。それが振り抜かれた時に巻き起こる惨劇はミィの【黎明《れいめい》】と似たようなもの。【イージス】のような無敵効果すら貫通し、あらゆる全てを細切れにし灰になるまで焼き焦がすだろう。

追撃は全てを跳ね返す炎の渦のバリアで拒絶し、大技の準備をするだけの時間を確保する。

「カナデ、サリー！　お願い！」

「うん。僕らの出番だね」

カナデはソウを呼び出すと自分の姿に変え、同種の魔法を倍の数唱えられるようにする。

「【ハイドロレーザー】！　【タイダルウェイブ】！」

「【水竜】【鉄砲水】」

「ソウ、【ハイドロレーザー】【タイダルウェイブ】！」

そこから放たれたのは大量の水。サリーは【水操術】で、カナデは【水魔法】を中心に武者へと水で攻撃し続ける。

水属性というのが重要で、これは武者を守る炎の渦のバリアを破壊する上で、有効な属性となっていたのだ。

「「メイプル！」」

防御がなくなった瞬間、二人はメイプルに声をかける。

道は開いた。後は真っ直ぐ最速で。

「【砲身展開】【攻撃開始】！」

メイプルは自爆し飛行機械よりも速く一直線に武者の元へと飛んでいく。

正面に構えているのは『闇夜ノ写』。皆が頑張ってくれたおかげで温存できた【悪食】を叩《たた》き込《こ》む。これがこの戦闘に勝つために全員で見据えていた終着点だ。

「やあっ！」

武者の懐へ飛び込んだメイプルは構えた大盾を叩きつける。それは作戦通り大技を繰り出される前に武者の残ったＨＰを吹き飛ばし、練り上げられた今回の作戦は無事完遂されたのだった。

◆□◆□◆□◆□◆

四層エリアに戻ってクエストを達成し、メイプル達は無事『魔王の魔力・Ⅲ』を手に入れることに成功した。

「ふー、無事勝ったなあ。よしよし」

「四層エリアのボスはかなり強かったわね」

「武闘派だったたね。僕らも準備してなかったら厳しかったかも」

八人で適切なスキルで大技を返していなければ勝利は掴《つか》み取れなかっただろう。

全員がそれぞれの役割を遂行したからこそ、道中も重要なスキルを使うことなく切り抜けられた。

少人数で向かっていれば道中のモンスターの群れも、相当大きな脅威となっていたのは間違いない。

「ふむ。これでいよいよ後半戦といったところだな」

「八層エリアもメイプル達がいつでも攻略を進められるようにして待ってるから、暇ができたら来てよ」

「六層エリアは……メイプルだけでも来るか？」

「そうします！」

「うん、楽しんできて……」

サリーが行くべきでない場所はある。たとえば範囲攻撃が飛び交う場所、必中の攻撃が飛んでくる場所、そして何より六層。

「あとは五層エリアですね！」

「えっと、どうですか……？」

「そっちも順調！　どんどん進んでるよ！」

「出てきたボスも今回のみたいに厄介なのはいなかったしね」

残るは五層エリア、六層エリア、八層エリア。そのどれも手付かずという訳ではないことを考えると、カスミの言ったように十層攻略も後半戦。終盤に差し掛かっているということだろう。

「まだ魔王の情報はないみたいだぞ。流石に一番乗りは難しいとは思うが、この人数から考えるとなかなか早いペースなんじゃないか？」

「ですね。まだプレイヤー間で新鮮なうちに挑戦できそうです」

「一回で勝ちたいところではあるわね。今回のボス戦はかなり大変だったもの」

魔王に挑戦するためには『魔王の魔力』を消費する必要がある。勝てなかった場合は全種類のボスをもう一度倒さなければ、魔王への挑戦権を再獲得できないのだ。

勝ったとはいえボスは簡単に倒せる相手ではないためできることならそれは避けたい。

「皆で頑張ればきっと上手くいきます！　今回みたいに！」

「だな。よし！　そん時はまた全力でやるとするか！」

「ああ、挑戦する時を楽しみにしておこう」

「それに、その後にはイベントもありますから……！」

「まだまだやることがいっぱいです！」

「うんうん。ちょうどラストスパートってところだね」

「私も最後まで気を抜かずに頑張るわ」

全員が最終目標に近づいてきたことを改めて実感する中、サリーはメイプルの目を見て語りかける。

「メイプルも、最後までよろしく」

「もっちろん！　ぜーったいクリアしようね！」

「うん。そうしよう」

魔王討伐を固く約束して、メイプルとサリーの十層探索はまだ続く。確かな終わりを近くに感じながら。

あとがき

ふと目についてて十七巻を手にとってくださった方にははじめまして。

既刊から続けて読んでくださっている方には応援し続けてくださったことに深い感謝を。

どうも夕蜜柑《ゆうみかん》です。


気づけば防振りももう十七巻。ここまで読んでくださった方は、近づく冒険の終わりを感じている頃かもしれませんね。ここまでの冒険を綴《つづ》るのは私にとってもすごく楽しいことで、だからこそ終わりたくないと思う気持ちも確かにあります。

それでも終わりはやってくるものですから、メイプルとサリーの冒険とその結末に待っているものを、楽しみながら最後まで追いかけてきてくれると嬉《うれ》しいです。私も全力で書き上げます！

ふふ、もしかしたら最後に何が待っているか、もう察している人もいるのかもしれません。

とはいえ、旅の終わりはもうほんの少し先のことですので、発売情報やＷＥＢ更新を確認しつつ過ごしていただければと思います。

明るいニュースも届けられるとよいなと思っていますので、私もお伝えできることがあれば最速で皆さんにお伝えするつもりです。

こちらについても時折最新情報をチェックしていただければと。

もちろん、皆さんの応援の力で実現することもあるでしょうから、引き続き応援よろしくお願いいたします。

それでは今回はこの辺りにいたしましょう。

物語の結末を綴ることに確かな緊張と高揚を感じながら。

もうしばらく皆さんと楽しんでいけたらと思っています！

そして、いつかの十八巻でお会いできる日を楽しみにしています！

夕蜜柑

カドカワBOOKS

痛《いた》いのは嫌《いや》なので防御力《ぼうぎょりょく》に極振《きょくふ》りしたいと思《おも》います。 17

2024年 3 月10日　初版発行

著者／夕蜜柑《ゆうみかん》

発行者／山下直久

発行／株式会社KADOKAWA

〒102-8177
東京都千代田区富士見2-13-3
電話／0570-002-301（ナビダイヤル）

編集／カドカワBOOKS編集部

印刷所／大日本印刷

製本所／大日本印刷

●お問い合わせ
https://www.kadokawa.co.jp/（「お問い合わせ」へお進みください）
※内容によっては、お答えできない場合があります。
※サポートは日本国内のみとさせていただきます。
※Japanese text only

Printed in Japan
ISBN 978-4-04-075348-5 C0093

新文芸宣言

かつて「知」と「美」は特権階級の所有物でした。

15世紀、グーテンベルクが発明した活版印刷技術は、特権階級から「知」と「美」を解放し、ルネサンスや宗教改革を導きました。市民革命や産業革命も、大衆に「知」と「美」が広まらなければ起こりえませんでした。人間は、本を読むことにより、自由と平等を獲得していったのです。

21世紀、インターネット技術により、第二の「知」と「美」の解放が起こりました。一部の選ばれた才能を持つ者だけが文章や絵、映像を発表できる時代は終わり、誰もがネット上で自己表現を出来る時代がやってきました。

UGC（ユーザージェネレイテッドコンテンツ）の波は、今世界を席巻しています。UGCから生まれた小説は、一般大衆からの批評を取り込みながら内容を充実させて行きます。受け手と送り手の情報の交換によって、UGCは量的な評価を獲得し、爆発的にその数を増やしているのです。

こうしたUGCから生まれた小説群を、私たちは「新文芸」と名付けました。

新文芸は、インターネットによる新しい「知」と「美」の形です。

2015年10月10日
井上伸一郎